海角天涯，转身就是家

褚士莹　著

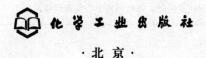

·北京·

《海角天涯，转身就是家》
ISBN 978-957-13-5406-4
© 褚士莹

本书中文简体字版由时报文化出版公司授权化学工业出版社独家出版发行。
中文简体版通过版客在线文化发展（北京）有限公司代理，经由时报文化出版公司独家授权，限在大陆地区发行。非经书面同意，不得以任何形式任意复制、转载。

北京市版权局著作权合同登记号：01-2015-3519

图书在版编目（CIP）数据

海角天涯，转身就是家/褚士莹著．—北京：化学工业出版社，2019.8
ISBN 978-7-122-34429-8

Ⅰ．①海… Ⅱ．①褚… Ⅲ．①随笔—作品集—中国—当代 Ⅳ．① I267.1

中国版本图书馆 CIP 数据核字（2019）第 086742 号

责任编辑：周天闻　　　　　　装帧设计：北京八度出版服务机构
责任校对：王　静

出版发行：化学工业出版社（北京市东城区青年湖南街 13 号　邮政编码 100011）
印　　装：大厂聚鑫印刷有限责任公司
880mm×1230mm　1/32　印张 8　字数 220 千字　2019 年 8 月北京第 1 版第 1 次印刷

购书咨询：010-64518888　　　　　售后服务：010-64518899
网　　址：http://www.cip.com.cn
凡购买本书，如有缺损质量问题，本社销售中心负责调换。

定　　价：39.80 元　　　　　　　　　　　　　　　版权所有　违者必究

前言 / 我是幸福的闲古鸟

献给家乡的歌

远在西伯利亚的图瓦（Tuva）共和国有一个女歌手 Sainkho Namtchylak（珊蔻·娜赤娅克），她离开家乡到莫斯科后接触了爵士乐，从此剃了光头，住在维也纳或柏林。游牧为生的家乡人不理解她，说她是叛徒。但是她从来没有忘记家乡，带着西方的音乐人到故乡 Kyzyl（克孜勒）学习图瓦音乐。《老调重弹》(*Old Melodies*) 是一首她献给家乡的歌，里面有一段歌词，根据我的蒙古朋友 Haburi 的翻译（图瓦语跟蒙古语很相近），意思是：

我的灵魂注定属于整个世界，但我爱着你们，
总有一天我会像一棵树那样倒下去，
但希望我的声音伴随着我爱的人们。

全球化的浪潮下，家的形式，正在快速改变着。

过去，对一年四季都在路上的旅人，如我，有些人充满了同情，也有些人充满了羡慕与憧憬。

有越来越多的家庭，父亲被派往中国大陆地区的三线城市工作，每半年才能回来一次，哪里才算真正的家？母亲带着孩子到另外一个国家求学，除了寒暑假，其他时间都不在家乡，家在何方？任何一位十五岁的中学生，都可以拿着护照理直气壮出国，随着临时工作迁徙，家又在哪里？家的概念开始经历强烈地震，我们不得不问：如果家再也不是不会移动的建筑空间，那今日家的概念是什么？

"对你而言，家在哪里？"或"你心目中的家是什么？"突然变成了我时常被问的题目。

对"家该是怎样的"有所疑惑的人，通常是因为他们像图瓦的牧民，认为家应该有一定的样子。但是我所认定的家，跟图瓦人所知道的家，肯定有完全不同的面貌。对于每个地方那些坚持家有唯一性的人，我想说：家其实有许多种面目，所以我在世界许多地方都有家。

至于那些总以为我在他方过着流浪生活、无家可归的人，我则想对他们说，其实，我从来都没有离开过家。

闲古鸟的幸福

"我前一阵子在电视上看到你。"有个原本不认识的银行分行经理,在某个演讲会会场叫住我说,"你跟一些名人站在一起,我不认识你,但是我觉得你是里面最快乐的一个。"

我静静听着这个陌生人说着自己的成长故事,忍不住微笑起来。"我确实是很快乐的人啊!"我很高兴听到这样的赞美。因为,我是只幸福的闲古鸟。

日文里的闲古鸟,就是英文常说的布谷鸟,或是中文里的杜鹃,但我认为日文形容这鸟的语感最为绝妙。闲古鸟不筑巢,所以生命中多出了很多时间去做其他事。它们来去自如,在人类眼中却是不幸的流浪者。它们若有答辩的能力,是否会说出完全不同的想法?

鸟巢之于鸟,就如家之于人类。过去的农耕时代,一家人世代守护一片土地,家因此像岩石般是不会动的;然而一直以来,也有住在船屋上的水上人家,还有逐水草而居的牧民,他们的家是会动的,客观说来,他们的家都跟农夫的家同样真实。到了现代,以城市为唯一生活场景的上班族,早就失去了农夫和土地的美好关系,血液中却还留着古代农夫的世界观,穷毕生之力,只希望能换来一间属于自己的房子。是不是一定有了房子,才等于有了家?西方有两句关于家的谚语我很喜欢,一句说"家是人生故事开始的地方"(Home is where the story begins.),另一句说"家不是你在的地方,而是渴望有你在的地方"(Home is not where you are, but where you are wanted.)。两者都没有提到家是前面有小河、后面有山坡的地方。

不筑巢不是为了无止境地享乐。比起一辈子都在努力筑巢的燕子,不会筑巢的我,对家并没有因此少了感情。朋友有次困惑地问我,博客文章的起头,不是回到船上,回到埃及,就是回到波士顿,回到缅甸山间的农场……每个地方都是说"回",为什么我要用"回"而不是用"去"?

讨论"回"跟"去"的区别,以及对我自己的认知背后的文化内涵,是一件有趣的事情,哪怕只是一个字的区别,却道出我情感的流动性,或对一个地方的认同。但到底哪里才是我的家?不知道燕子通常怎么想的,我只能说,我对家有着不同的看法。我不是没有家,而是有好多个家,因为生命阶段,因为季节,因为工作,因为不可理喻的热情,我在世界上有各式各样的家,每个家都有完全不同的面目,但对这些家的认同与牵绊,却都真实无比。

我认为闲古鸟是幸福的,就像许多人认为闲古鸟无家可归是多么不幸,二者几乎同样确定。至于谁是对的,谁是错的,并不是我在意的范围,毕竟我相信每个好问题,应该都有不止一个对的答案。

实际上，我的朋友大多也跟我一样。如果每次有人问"你不常在家，难道不会想家吗？"我就可以得到一块钱的话，现在的我一定已经是个大富翁了。但如果你问我，或是问我的许多朋友这个问题，我们恐怕从来没觉得自己不常在家。

从雪鸟到果蝇的迁徙

我曾说过一个故事：一对住在美国康涅狄格州的老夫妇，他们的后院养了一只很特别的宠物，那是一只很老的加拿大大雁，名叫哈洛（Harrod）。每次老夫妇出远门，最放不下心的就是哈洛有没有足够的东西吃。

老夫妇的家正好在每年加拿大大雁季节性迁徙的路上，或许是因为他们家后院环境特别幽雅，久而久之，就像高速公路休息区一样，成了每年两次大雁往来北极圈的中继站。退休的夫妇，每年到了这两段时间，也会在后院准备许多食物，大摆流水席宴请这些拥有巨大翅膀的宾客。可是有一年，当所有的大雁上路以后，有一只没走，这就是哈洛。

不知道哈洛是睡过头没跟上旅行团，还是老了累了不想再飞，总之哈洛就在老夫妇家的后院住了下来，没什么道理，就是这么回事。

老哈洛到底以哪里为家？这一生每年都要花四个月在飞行途中，四个月在北极圈内，四个月在温暖的南方，这样说来，哪里才是大雁的家？

或者说，在这条迁徙半个地球的隐形虚线上，哪里不是大雁的家？

美国人把每年冬季，从寒冷的北方，无论是加拿大的魁北克，新英格兰地区的马萨诸塞州，还是缅因州、纽约州，开着车或搭着飞机，到佛罗里达州的阳光带（sun belt）避寒六个月的老人家称为"雪鸟"（snow bird）。除了他们像候鸟那样定期从下雪的地方迁徙过来享受阳光之外，也因为这些老人家的头发就像雪一样白。

这是有点闲钱的美国中产阶级心目中最完美的退休生活——一半一半。

所以他们的家，是分成了两半，还是有了两个家？

家可以是复数的名词吗？或者，更正确的问法是，家不可以是复数的吗？

蒙古草原上逐水草而居的游牧民族，他们对于家的定义跟住在城市里的人肯定不同，但是他们的家是否因此比我们的家基础更不稳固？同样的蒙古包，在不同的地方撑架起来，柜子、柜子上面的照片，火炉、火炉上的水壶，晚上睡觉的时候，蒙古包内部在被褥中睡着的家人，贴着蒙古包外部睡着的马匹，无论对马还是人，肯定都是真实、熟悉、温暖的家，跟任何一个你所知道的家，有着相同的价值。

我认识一些极度恋家的出家人，眷恋寺院，也眷恋原生家庭。我觉得候鸟哈洛，可能比这些出家的僧人更自在，因为哈洛没有行李，落脚的地方就是家，结队飞行的伙伴就是它的家人，选择离群的哈洛，变成了这对相依为命的老夫妇的家人，组成了新的家庭。

就像博茨瓦纳共和国（Republic of Botswana）的奥卡万戈三角洲（Okavango Delta）每年一次的大泛滥，干涸沉睡的大地，在一场大雨后以飞快的速度苏醒过来，短短几个小时之间，荒野变成万物的家，丰盛的草场，艳丽的野花，数以百万计的昆虫穿梭在无数的野花间。短短的几天内，一切重获新生，河马、大象、鳄鱼、羚羊、雀鸟、猴子，都忙着照顾幼鸟幼兽，享受大自然一年一度的盛宴，虽然这个家只维持短短几周的时间，就又会恢复死寂，但任何躬逢其盛的人，都对于这个家的真实性确信无疑，也必然会被深深感动。

我的家，也跟着生命的成长，自然而然在地球上画出一条大迁

我在波士顿司光屯岛上的家附近，有一条第二次世界大战后废弃的军用机场跑道，如今成了公园和自然保护区的一部分。跟着我的拉布拉多站在旧跑道上，抬头看着喷气式飞机从头顶呼啸而过，我在空中的家和地上的家，突然在两个次元间重叠

徙的轨迹，从伦敦到开罗、从华南到曼谷、从北京到上海、从空中到海上、从实体到虚拟，每一个家都是迁徙的印记，每个家，也都教我一堂重要的人生功课。

果蝇的一辈子，从卵孵化到老死，大可以靠着吸吮一个可口可乐空罐里剩余的一滴甜汁过活，而这个空罐就是果蝇的宇宙。

我的大迁徙，或许就像一只微小的果蝇的一生，而地球就是我的可乐罐，但渺小并不能阻止我做梦，如果有一天，我像哈洛那样，决定在虚线上的任何一点停下来，也无怨无悔，因为这是闲古鸟生命的大迁徙，因为这是我代替青鸟寻找幸福的故事。

从泰国曼谷到缅甸仰光的廉价航空 Air Asia 行李条,记录着三百六十二英里(约582公里)的飞行旅程——不到我一年飞行总距离的三百分之一

目录

CH01　开罗，我的解放广场　/ 001

CH02　上海，是过客的家；我们，是家的过客　/ 025

CH03　天空之城，最小也最大的家　/ 047

CH04　伦敦，离开后才开始想念的疏离城市　/ 079

CH05　曼谷的家，NGO 工作者免费的家　/ 105

CH06　水手的家，看尽人间百态 /133

CH07　波士顿，踏沙行、学休息、做自己 /161

CH08　故乡，外婆的安养中心 /199

CH09　云端，无比真实的家 /216

CH01

开罗，我的解放广场

混乱的开罗，有一个死人之城。
每当我看到活人寄居在死人的家，生死摊在眼前一字排开，
我就想起自己当年为什么要抛下舒适熟悉的生活，以尼罗河畔为家。
因为在这里，对于要如何利用自己有限的生命，
每天都会有全新的体悟。

我在埃及的生活，可以说是围绕着开罗市中心的解放广场进行的。或者更进一步说，埃及是我成长过程当中，学习释放禁锢头脑的解放广场。

生命中的第一次归零

我的生命当中，经历了几次"归零"的阶段，像是修车工人将汽车的保养灯归零那样，人生每到了一个阶段也需要重新洗牌。

记得我的第一部汽车，是从哥哥手上接过来的法国标致手动挡轿车。虽然现在想起来，真是一辆烂车，但因为是第一次拥有一辆车，所以当时仍兴致勃勃地将操作指南当作圣旨般从第一页读到最后一页，当我读到"……在首次维护（两千公里）和定期保养（每间隔一万公里）之后，需进行保养灯归零"，觉得标致的工程师，简直就是机械的哲学家。最有趣的是，操作指南还说如果不是这些规定的公里数时，不该对保养灯进行归零操作，否则维护提示的里程与真正应该保养的里程就对不上了。当超过保养里程保养灯一直闪亮时，不要只是归零让灯熄灭，而一定要进行保养后再进行归零，让保养灯熄灭。

　　我的每次归零，常常引导我到一个不同的国家，开始另一个一万公里的人生里程。

　　对我来说，决定搬到埃及绝对是我人生第一次重要的归零。

　　经历了填鸭式的教育、高中联考、大学联考，给了我足够的证据，怀疑这个世界并不怎么关心我真正的想法，而只关心我答题的方式。拿着藤条少一分打一下手心的数学老师所承诺的海阔天空，并没有因为上了著名大学而雨过天晴。因为我仍然可以整个学期一堂课都没进过教室，期末考前一晚跟阿德同学借笔记来读一下，就可以得到很好的成绩，甚至好几个学期都莫名其妙拿到"书卷奖"的荣誉。我于是知道，我人生的仪表盘有故障了，外表一切光鲜如常，其实内部的引擎面临着锈蚀的命运，就像我的标致小烂车。

亮丽的学业成绩像是说谎的仪表盘，因为就算我跟朋友学期中背着背包去印度、尼泊尔旅行好几个月，仪表盘也显示一切正常，但是为什么我宁可背着背包去旅行，在喜马拉雅山脚下藏族人开的小吃店吃饺子，也不愿意待在法学院的教室里听亚当·斯密的《国富论》？

答案很简单，因为我想要一个不同的人生。

最好是能够重头来过。但是这次，没有人告诉我只要知道正确答题，不需要有自己的想法，我想要带着成年人的心智再活一次，但是最好不要再犯那些错误，到无法收拾的地步。坐在法学院的教室里，人生突然窄到好像只能从参加学运或是去考司法官两条扭曲的道路里做选择，我陷在一片叫作"未来"的泥淖中，动弹不得。

挣脱，变成最迫切的想法。

于是我朝生命最陌生的方向前进。看着地球仪，我毫无根据地指出两个最陌生的角落，西伯利亚和中东的阿拉伯世界。

那一年，我正好到莫斯科参加一次大多是由政治外交相关科系的大学生参加的模拟联合国大会（MUN）。分队的时候，我们队上除了我之外，就只有另外一个亚洲面孔。好奇心驱使下，我就在休息时间跟他攀谈起来，当我发现他是俄国人，来自西伯利亚的伊尔库茨克州时，我对这个完全陌生的世界有着止不住的好奇，非常惊讶，于是我们立刻成为要好的朋友。他告诉我许多关于西伯利亚的事情，也花了很多时间解释，为什么他最喜欢的乐团是邻国图瓦共和国的四人组，他们唱歌的时候可厉害了，不是用嘴巴唱，而是用喉咙唱，一开口同时可以发出好几种不同的声音，低沉的喉音哼唱一个曲调的同时，嘴唇还可以发出另外一组曲调，发出有如草原上风吹过芒草的哨音，对于从来没有听过的我来说，简直是不可思议的事。

"原来世界是那么广大啊！"我们坐在全俄罗斯第一家新开业的

麦当劳里，墙壁的灯箱上有各个地方的照片，我找到圆山大饭店，指给他看，他觉得我的世界比 huun-huur-tu（恒哈图乐队）更神奇。我提到想要找一个跟我所认识的世界完全不同的地方，重新开始，看看自己会变成一个什么样的人，他立刻力邀我搬到伊尔库茨克城，介绍我读他就读的国立叶尔库提亚大学，还兴奋地说要带我去结冰的湖上钓鱼。他说，只要在冰结得厚厚的湖面上凿一个小洞，钓竿垂下去，有时连鱼饵都还来不及绑，冬天饿了好长时间的鱼儿就已经上钩了。

气候如此严寒，鱼一出水面就活生生冻成冰块，然后我们就可以拿着特制的刨子当场刨下新鲜的生鱼肉吃……想搭狗拉的雪橇？也没问题……

会议结束之后，我当真打电话和他的学校联系，当时还没有网络，所以光是电话另外一头"沙沙"的杂音，就感觉像在跟另外一个不属于这个世界的人不大稳妥地打交道，问清楚了学制、学费、申请手续的各种细节，对方听起来像是个和蔼的俄国老妈妈，热情地邀请只会用俄文说"是、不是、谢谢"的我去读副博士班（因为学士后没有所谓的硕士课程），挣扎了半年，怕冷的我最后还是没有成行,我不好意思跟这位新朋友承认,原本以为,到一个完全不同的地方去,是指法国或是德国,但是有了这次经验以后,我意识到自己认知中以为的广大世界,其实还是小得可怜。

从死亡开始的埃及经验

最终,我去了炎热的埃及。

在莫斯科同一个会议上,我也认识了一个很特别的朋友——安南(Anand)。

安南是一个典型的骨瘦如柴却很健康的印度人,但是却在埃及出生长大。对当时的我来说,印度人不住在印度,是一件很奇怪的事情。住在美国或澳洲也就算了,因为很多亚洲人,都有亲友在美国或澳洲,但是埃及?这太离谱了!

通过安南的解释,我才接受了一个事实:印度人不会为了乐趣而旅行,但只要有钱赚,印度人愿意移居到全世界任何难以想象的角落。后来我航海到加勒比海的各个小国,发现所有的珠宝商都是印度人,移居到曼谷以后,又发现所有的裁缝也都是印度人,才知道安南当年所说的,一点不假。

安南传统而热情,富有亚洲人的人情味,终于说服了我到他就读的埃及开罗美国大学(AUC)去了一趟,参加安南举办的模拟联合国会议,也认识了安南一家人。他的家在开罗中上流阶层居住的高级住宅区,虽然街坊邻居都是埃及人,但是一进他们家,就会发现每个女人都穿着颜色鲜艳的传统印度纱丽。他的母亲和姐姐,睿智而幽默,是我当时见过最聪明的女性。他们一家人知道我是安南的朋友,也都热情地欢迎我到开罗来念书,也保证初来乍到如果有任何生活上的疑难,都可以把他们家当作我自己的家一样,全家人一定都会帮助我。

这么一听,就觉得安心不少,而且他们同样作为外来者,安南一家人肯定比伊尔库茨克的朋友更能了解我的处境。做决定以后,我就开始努力打工攒钱,学习阿拉伯文,办理申请手续,准备前往埃及。

就在出发前不久,我忽然接到一个电话,是安南的妈妈打来的。她的声音平静而疲倦,跟我记忆中活力无限的女强人形象完全联系不起来。"……因为你是安南唯一的亚洲朋友,他很看重你,所以我打电话是想告诉你,安南上个星期六开车去西奈半岛度假的时候,被一辆逆向超速的大卡车撞死了……"

年轻、未经历太多生离死别的我,在昂贵的越洋电话的另外一头,一时间不知道该说什么安慰的话才好,只能沉默。安南母亲的声音如此平静,是因为印度教对于生死观的超越吗?作为唯一的儿子,安南是全家最聪明、最受宠,也被寄予厚望的宝贝,父母怎么可能不伤心欲绝?或许这样的电话,已经打了太多,泪水早就干了;或许是因为比起族人,我毕竟只是个陌生的外国人,所以没有什么好说的。总之,不论什么原因,当时的我都没有办法理解。

"……你来埃及的时候,就像我们自己的儿子一样。虽然安南不在了,但是安南的朋友,就是我们的朋友,千万不用客气。"安南的母亲即使在遇到如此家变悲恸欲绝的时候,还是那么的优雅、善解人意,甚至专门打电话通知我噩耗,这是多么伟大!从此以后,我对于

交错复杂的电车电网线将埃及城市的天际线切割成许多的小方块，就好像埃及在空气中画出一格一格的社会阶层，表面上没有任何区隔，实际上却让人无法任意穿透

印度人,尤其是世代漂移在海外的印度人的坚韧,有了无比的敬意。

为了信守与安南的约定,我舍弃了西伯利亚,去了埃及,但是始终鼓不起勇气跟安南的家人联络。

我的亚库班公寓

埃及教会我,每一个问题,都应该有不止一个正确答案;每一件对的事情,也都应该有不止一种对的做法。

这么说对于没有在埃及生活过的人,可能显得有些古怪,然而我相信能够自在生活在埃及这个国度的人,都是"怪咖"(misfit)。

这个社会从上到下,无论处在哪一个角落,无论贫富贵贱,不管过去或现在,无论是占总人口 10% 的古老 Copt(科普特)教派基督徒,还是 90% 的伊斯兰教徒,穿着传统长袍的上埃及人,或做西方打扮的下埃及人,没有人觉得自己属于主流社会,每个埃及人都觉得自己是社会边缘人,每个人都觉得浑身不自在,但也就是因为这种遗传的社会适应不良症,让在传统教育下觉得格格不入的我,也能够自然而然加入适应不良的埃及"怪咖"的行列,理直气壮地以埃及为家。

这是为什么,当我读到作家 Alaa Al Aswany(亚拉·阿斯万尼)以埃及一栋公寓为题目的社会写实小说《亚库班公寓》(*The Yacoubian Building*)时,忍不住从头到尾哈哈大笑,心有戚戚焉。读这本书的时候,我恰好在埃及的亚历山大港,不由得融入情境之中,根本忘记了这并不是我的故事。在开罗生活的我们,每天面对的正都是这些"怪咖";我们自己,在别人眼中也都是"怪咖";就连作者自己,现实生活中,在开罗市区开设一家私人牙科诊所,却用当牙医的收入来支持写作热情,也是个不折不扣的"怪咖"。

读完这本问世后震惊阿拉伯社会的小说,以及看过改编成埃及有史以来最高成本的电影后,应该对于中东世界里社会人物如此多元的事实,会感到惊讶而满足。原来在开罗,每一栋老旧大楼,都是一个垂直型的埃及小村庄,一幢闹市区中被时代遗忘的亚库班公寓、每间代表着过去年代优雅外国风情的蒙灰公寓房间,就是一个

尼罗河出海口色彩缤纷的小渔船,好像孩子用彩色笔为灰尘漫天的城市进行的涂鸦

独立后埃及社会失望而落魄的缩影,告诉我们努力不一定会成功、好心不见得有好报、虔诚不见得换来内心平静、聪明反被聪明误、所有如意算盘都终成梦幻泡影……

无论是原著还是改编的电影剧本,《亚库班公寓》并不像《卡门》那样是一出优雅的歌剧,也不是《朝代》剧集的高雅做作,却更像埃及版的《霹雳火》或是《娘家》之类的电视连续剧,角色粗俗而夸张、可悲而病态,口味不是重咸就是重甜,但是每个对于埃及社会或开罗生活多少有所了解,或见识过阿拉伯世界官僚伪善嘴脸的人,都可以按照个人体会,把作者不便或不能讲出来的话自行填补进去,让酸的更酸、甜的更甜、苦的更苦、辣的更辣;不在这圈子里讨生活的外人,自是无法想象。

与其被当作小说,对埃及陌生的读者,《亚库班公寓》或许更像是一本另类的开罗旅游指南,就像我学生时代那扇开向尼罗河的法式落地窗,让我们窥探另一个陌生的世界,难以忍受时,只要轻轻合上,就会消失,但是当最后一幕结束,却又觉得意犹未尽、怅然若失。

"怪咖"邻居

每天进出家门,我都会看到瓦立德(Walid)在门口徘徊,他是个从早到晚在我们那条街上游荡、长得像电影明星的年轻人,怎么说也算不上朋友,但是也不能说完全不认识。他懒得工作,一心只想走捷径,希望有天能在路上勾搭到一个多金又年老色衰的德国女人,骗婚然后移民到欧洲去,可以说是个完全不值得信任的人。因为居无定所,所以每次都死皮赖脸央求到我家来,让他洗澡,换上不知道哪里弄来的干净衣服,然后又帅帅地回到街上去物色下一个女人。

我曾经很严厉地拒绝瓦立德,说我不能助纣为虐,跟他这种国际骗子交朋友,结果瓦立德非常生气地跟我吵了一架:

"你以为跟那些颐指气使的德国女人上床,很简单吗?还要在海滩伺候这些粗暴的乡下女人,假装温柔地帮她们按摩,她们明明家里有老公,却成群结伴来埃及找年轻力壮的男人,没完没了的性需求,用答应要帮我办签证出国作条件,把我当玩具,假期一结束就翻脸不认账,拍拍屁股走人,你真的以为我才是坏人吗?"

我永远不会忘记这一幕，因为那是我第一次在埃及跟人用阿拉伯语吵架，加上那天正好是西方情人节，明明是 Valentine's Day（情人节），瓦立德说成 Valentino Day，我教他正确的发音，但是不怎么听人说话的瓦立德，一点都没兴趣改正，只是兴冲冲地告诉我，他有预感这天是他时来运转的时候，他将赢获某个刚刚搭讪上的德国游客的寂寞芳心，唯一需要的就是体面的行头。他央求我借他一条最好的黑色牛仔裤，我不相信瓦立德会归还，因此坚持他留下原本那条脏牛仔裤作为抵押，他虽然不情愿，也只好答应我的要求，口口声声说当晚就会还给我。两天后在路上碰到瓦立德，果不其然，他说我的裤子被偷了（其实大概是到死人之城的赃物市场换钱花掉了），没办法还我，不是他的错，要我把他的牛仔裤还给他。原本从来不跟人起冲突的我，在埃及一段时间以后，学会了就算好人也要不心软。

"别胡说这是什么旨意，不还我的牛仔裤，就休想拿回你的！"不但拒绝还给他，甚至还故意穿了他的那条牛仔裤，就算裤脚短了一大截也不在乎，大摇大摆上街去，把瓦立德气得要死，但是从此之后，他再也没敢占过我这外国人的便宜。到现在想起来，还觉得好笑，那条牛仔裤，也还静静躺在我的衣橱里。

在埃及,每个亚库班公寓,每日都上演着荒谬的乡土连续剧

我的亚库班公寓,有另一个"怪咖"住户,是个为爱发疯的日本女孩。她被一个像瓦立德这样的风流埃及男人骗婚后,两人高高兴兴回日本办结婚手续,结果手续办完后几天,埃及老公就在日本人间蒸发了。天真的日本女孩拼命打电话回埃及,没想到接电话的,竟是这男人的埃及妻子。埃及女人当然打死也不愿相信日本女孩的话,到处跟人说这日本女人疯了,不准她再打来骚扰。日本女孩为了寻找避不见面的"老公",把仅存的银行存款都取了出来,立刻买了机票回到开罗,租了一个房间,每天就在街上四处寻找、打听埃及男人的下落,逢人就问,等积蓄全用完了,才不甘不愿地回日本打零工,存够了机票钱跟房租,就立刻又回来,继续寻夫,这样已经连续三年了,弄到后来精神真的有些失常。甚至在我们公寓打扫卫生的女清洁工,也都纷纷为这痴情的日本女孩摇头叹息,但也没辙。

"看不清埃及男人的把戏,是爱不起埃及男人的啊!"这些女人议论纷纷。

并不是所有的故事,都是善有善报,恶有恶报。在埃及,每一件事情,每一个人,都落在善恶之间巨大宽广的灰色地带。

死人之城

在埃及,就连生死之间的界线,也不是很明显。

开罗有一个"死人之城"(The City of the Dead),是一座长达六公里的巨大墓园,这里除了"住"满了死人,墓室中还住了超过一百万个活人。这些居民中,很多在这里出生成长、结婚生子,甚至不知道屋外每天拿来晾衣服的石头就是墓碑,客厅中间拿来放电视的底座,或吃饭的饭桌,就是水泥棺。

在这座墓园城市里,有面包店,有埃及人日常生活不可或缺的茶馆,有学校。每天有人推着板车来卖酸奶。每个星期五固定的市集里,锅碗瓢盆跟从死人身上偷来的二手衣物一起卖。受保护的野生动物跟着牛羊一起待价而沽。这里有嫁娶,有八卦,有恋爱的欢笑,也有悲伤的泪水。孩子们穿着拖鞋踢足球,就像埃及任何一个贫穷的小城市。如果说有什么不同,那就是这里特别安静,因为没有车能够开进来。外人如果不是来安葬亲人或扫墓,平常也不会随意闯入。每星期五固定的市集当中,如果有人来殡葬,小贩们也只好腾出一条路来,中断生意,等葬礼结束后再沸沸扬扬继续下去,好像什么事都没发生似的。

这里当然也有葬仪社、看管墓园的工人、盗墓者,名副其实靠死人吃饭。

二〇〇九年的时候,巴西导演 Sergio Trefaut(索吉欧·特鲁福)拍了一部纪录片,就叫作 *The City of the Dead*(《死人之城》)。在纪录片的最后,有位受访的寡妇说,丈夫跟儿子生前都在这里度过一辈子,去世之后,也就安葬在他们生前居住的房间里,她自己就住在隔壁,每天固定来扫墓,感觉好像全家还生活在一起。

"鬼魂不可怕,最可怕的是人。"寡妇说。

我在埃及读书的那段日子,就知道有不少没有忌讳的本地人,还有住在当地的外国人,为了省钱,星期五上午会特地搭巴士到死人之城长达两公里的星期五市集(suq al gama'a),买便宜的二手衣服、手表等,市集里还有许多莫名其妙的东西,像坏掉的遥控器、生锈的铁丝、缺手缺脚的玩具、不成双的鞋子。这些看起来与其说是商品、毋宁说更像是垃圾的东西，也不知道要卖给谁。至于货源，大家都心知肚明，要不是从城里偷来的，就是从死人身上扒下来的，或是跟死者公寓的门房串通好，在刚刚咽气死者的家属到来之前，从死者家里搜括来的。

除了用了一半的胡椒罐之类的生活用品之外，堆得像小山的骆驼腿、牛肝、羊胃、驴子尾巴，都理所当然地摊在炎热的阳光下，五味杂陈，苍蝇纷飞，人人都毫不含蓄地大声叫卖讲价，旁边还有专门带狗来交配的配种区……离开埃及多年之后，每次在炎热的市场闻到熟悉的生肉与血水腥味，还是忍不住想起死人之城的味道。

死人穿着进棺材的牛仔裤，可能是我能够接受的二手衣物的底线，那些毫不在乎买贴身内衣跟袜子的，我只能默默佩服他们。当地人觉得生不带来、死不带去，死人用不到这些东西了，何必浪费呢？

开罗人开玩笑说，如果家里什么东西星期四不见了，星期五到这市集来，多半可以找到。原本我不信的，但是看到一整排还上着锁跟铁链的脚踏车待价而沽，就也不得不相信几分。

像这样的墓园，开罗不只有一个，而是五个。木卡坦之丘（Moqattam）原本算郊区相当偏僻的死人之城，在城市快速扩大的过程中，成了五百多万穷人和移民家庭的安身之地，乃至平常生活的客厅。如果有人来扫墓，就要赶快把沙发、电视、弹簧床垫等，从房屋中间的水泥坟墓上搬走，等扫墓的人走了，再搬进来，继续围着坟墓吃饭。懊恼的只是错过最爱的电视连续剧，但素昧平生的活人和死人要和平共处，的确难免会有些不便啊！

埃及有死人之城，菲律宾的马尼拉北郊靠港区的地方，也有一个叫作 Hills Navotas（纳沃塔斯山丘）的贫民窟，建立在墓地里。在这个前总统马科斯的夫人伊美尔达拥有三千多双鞋子的国家，路边时常可以看到成堆的白骨。在这里，人像蚂蚁般密密麻麻地搭建着帐篷跟铁皮屋，聚集在坟场上生存，贫富的差距讽刺而赤裸地呈现，不但活人住得拥挤，死人也不怎么舒适，一层一层的水泥坟墓往上砌，叠了五六层，自然而然就成了孩子们的游乐场。

就像埃及一样，因为他们违法居住，没有缴税，所以政府也不提供水电，垃圾没有人清运，当垃圾实在多到无法忍受的时候，就通通放把火烧掉，塑料燃烧的臭味与腐败的气味，似乎是贫穷挥之不去的标志。当地人说，丢在路边的尸骨，是因为实在没地方埋葬了，只好把旧的坟墓敲掉，发臭的遗骸就跟垃圾一起随便丢在路边，才会有这些让外人毛骨悚然的景象。

如果说 Navotas 贫民窟的居民享有什么福利，大概就是死了以后，可以在这里免费安葬，但只能放五年，然后就会被挖出来扔在一旁。在这里出生长大的孩子，早已经见怪不怪，在这些坟墓之间踢足球、唱卡拉 OK（听说墓碑造成的回音效果特别好）、放风筝、打篮球，就像地球任何地方的年轻人，天真、乐观、谈恋爱、结婚生子、安居乐业。有小朋友特别怕传说中吸血的巫婆 Sawang，大胆一些的却拿着骷髅头当玩具，一切显得如此"正常"。

无论是开罗还是马尼拉，每当我看到生死摊在眼前一字排开的时候，对于要如何利用自己有限的生命，都会有全新的体悟。

每个人的亚库班公寓

在以开罗为家的学生时代，除了念书跟在旅行社打工接待观光

在亚历山大港城搭英国殖民时期留下的电车系统,感受埃及历史无法否认的一页

客之外，如果说周末有什么娱乐的话，就是跟着考古系的教授，到没有对外开放的金字塔里担任义工，帮忙清理数不尽的文物。在这过程当中，我接触到一本法国建筑师尚－皮耶写的书，虽然他从来没有亲自到过金字塔，但这"怪咖"却投入大半生的心血在研究金字塔的建造之谜。这样的热情，让尚－皮耶的故事，在埃及考古学界成为金字塔种种动人传说的一部分。

尚－皮耶的家人——穷到必须拿旧衣柜当床也不在乎的妻子、因照顾患阿兹海默症的妻子而憔悴不堪的父亲，他们对他的执着无怨无悔地支持，让人难以想象现代的功利主义下，还有人能够为了纯粹的理想而付出生命。

尚－皮耶的热情，也感动了周遭向来冷漠的学者、建筑师与企业家，愿意无私地支持这个没有人能够保证成功的计划，共同希望看到尚－皮耶的成功。

解开建造金字塔的谜团，就像建造金字塔本身一样工程浩大。我离开埃及多年，重读这本书中文版三校稿的时候，是无上奢侈的精神享受。我记得很清楚,当时是在从黑海航行前往埃及亚历山大港的船上,立刻将我带回学生时代吉萨金字塔群炎热的周末下午。炎热干燥的艳阳底下,除了苍蝇之外,沙漠之中悄然无声,在考古学教授的带领下,进行着一代一代移交下来的调查工作。不存着自己会有着如何惊人发现的痴心幻想,只衷心希望自己的小小贡献,在这长达数十世纪的漫长研究中,能够带着人类的知识,向真相更接近一步——那或许是没有正确答案的、埃及式的真相。

尚-皮耶从来没有踏足过的金字塔,就是他生命的亚库班公寓,至于金字塔最后的答案是否在尚-皮耶手上,反而不是那么重要了。因为金字塔就像开罗每一栋亚库班公寓一样,最迷人之处,不在于答案本身,而在它永远会在我们自认找到一个答案后,又产生下一个等待解答的问题。因为每一个问题,都应该有不止一个正确答案;每一件对的事情,也都应该有不止一种对的做法。在这反复找寻和失去的过程当中,我们为人生归零,僵固的心灵因此得到充满痛苦的解放。

无论我搬到世界的哪一个角落,我的心里,永远还有一个房间,在开罗的亚库班公寓,继续呼吸、叹息、欢笑、流泪,陪伴我到生命的尽头。

CH02

上海，是过客的家；我们，是家的过客

上海作家陈丹燕受访时，
回忆她八岁那年举家自北京迁居至上海，
父亲按家中老小将皮箱从"陈1"写到"陈11"……
"人人都把我当上海人看待，可我家的大箱子知道我们不是。
不是上海人，也不是北京人，是跟着箱子的人。"
隔天，我就决定离开上海，连一只箱子都没带。

上海开埠后不久，英国籍犹太人马勒来到上海，创办了经营航运业的洋行，到一九二〇年，已拥有海船十七艘，总吨位五点三万吨。不久，马勒又在上海创办马勒机器造船公司（即今沪东造船厂的前身），雇用两千多名员工，是上海当时最大的造船厂之一。

以航运起家的马勒家族，对船舶怀有深厚的感情，因此他们的房子外观采用"北欧海盗"的北欧风格。里面的装潢就像是一艘豪华邮轮，在楼梯口设有拱形装饰，仿佛船上的密封窗。在三楼的一

在田子坊的老上海弄堂二楼露台,看着逐渐消失的上海

个房间内还设计了一个椭圆形围栏,恰似轮船机房。这房子就是现在上海著名的"马勒别墅"。

关于马勒别墅还有一个美丽的故事。马勒的女儿在梦中梦见了童话中的宫殿。马勒就请当时著名的华盖事务所,按照女儿描述的梦境,设计了这座别墅,并于一九三六年完工,当作礼物送给女儿。

奇幻的巨鹿路

我在上海的家就在马勒别墅后面,建筑风格也配合马勒别墅。从我的窗户往下看,当时的别墅已经变成了上海市共青团机关的一个办公室,如今已变身成为一家五星级精品酒店。

我家所在的这条小马路,叫作巨鹿路,是上海静安区和黄浦区一条充满怀旧感的街道。上海虽然有许多幽静的小马路,但能够让人留恋的却不多,巨鹿路算是其中一条。

在这里生活的那段日子,感觉很不真实,像是通过时光隧道,活在上海的过去。

原名巨籁达路的巨鹿路，是上海市横跨黄浦区、静安区的一条街道，东西走向，东起金陵西路，西至常熟路，全长两千两百九十米，最宽的地方有十七米，我家那一段最窄，只有九米半。

一个世纪前，准确来说是在一九〇七年，由上海法租界公董局修筑，于当时属于越界筑路性质，以法国驻沪领事巨籁达之名命名；一九四三年"汪伪政权"接收租界时改名钜鹿路；一九六六年改名成为现在的巨鹿路。沿路原是法国租界，传统上为住宅区，后来虽然有了些商家进驻，但仍保留着参天的法国梧桐树，把街道两旁的洋房小楼衬得像一篇小品文那般恬静。我总跟朋友形容，这条路像旧上海的千金小姐昏昏沉沉睡了个午觉，结果怎么也醒不过来。隔壁一条大街就是以前的霞飞路，现在已经改头换面成了现代上海的淮海路，但巨鹿路还是慵慵懒懒，好像停留在往事中怎么也走不出来。

身为巨鹿路居民的一分子，早晨踩着透过梧桐树枝叶投射到地上细细碎碎的阳光，跟穿着睡衣的上海老太太一起排队买早餐，是再平常不过的生活场景。在作家、书评人"比目鱼"笔下，巨鹿路又是一番奇幻的风格：

偶尔会有手里攥着地图的游客、迷了路的外地人路过这里，望着街口的路牌，他们的脑子里可能会飘过一头巨大的鹿。

其实不是一头鹿，而是一群鹿。这个秘密很少会有人提起。如果你在某个黄昏拐进街边一条老旧的弄堂，走过一扇扇飘着晚饭味道的窗子，进入一座幽暗而破旧的居民楼，也许你会在窄窄的水泥楼梯上邂逅传说中的养鹿人。养鹿人已经有六十多年没有开口说话了。他隐居在靠近富民路的一座小阁楼上。白天，他会伪装成一个骑着三轮车、手摇叮当响的铃铛、在巨鹿路上回收垃圾的人；黄昏，他会手提一只能够播放录音的电喇叭，走街串巷，提醒巨鹿路上的居民关好门窗、注意防火防盗。

而他的真实身份是巨鹿路上的养鹿人。只有他才知道：这条路上住着一百三十七头巨大的、色彩斑斓的鹿。它们一直在地下沉睡。多年以前，这些鹿沿着黄浦江从遥远而滋润的他乡走来，因为旅途的疲惫决定在此地集体长眠。它们用蹄子刨出一条深深的、笔直的壕沟，然后一个挨一个地卧入沟中，开始了经年累月的、舒适而多梦的沉睡。渐渐地尘土把这群巨鹿埋没，它们的身形逐渐消失不见，仅仅在地面上露出一支支巨大的鹿角。

如今只有巨鹿路上的养鹿人才知道路旁那些梧桐树的真实身份。他会每天按时用铃铛和扩音喇叭给沉睡的巨鹿报时。夜晚，当他蜷缩在自己阁楼里窄小的单人床上打着响亮的呼噜睡着的时候，他能感觉到一阵阵来自地下、富有节奏的、温暖的鼻息。

当时的我，从北京带着一只皮箱搬到上海来，什么家具都没有。租了在马勒别墅旁边的公寓以后，懒得多想，第一件事情就是到宜家（IKEA）买了些可有可无的家具，那是我这辈子唯一一次住在全套宜家家具的屋里。客厅的蓝色沙发、卧房里的组合沙发床、蓝色的床单、蓝色的宜家塑料杯子、蓝色的盘子，还有许多不像样的餐具，就连烛台里面点的蜡烛，也都是同一趟在宜家买的，感觉每样东西都轻飘飘的，如充满鲜艳色彩的塑料，不像想在这里安居下来的人用的。实际上，这样不踏实的感觉一直伴随着我，直到我离开上海为止。

这样的上海弄堂景观,不久就会在地图上完全消失

生活在巨鹿路，有几个地方不能不知道。

巨鹿路六九三号弄堂是四明村。从弄堂口往里走一百米左右，才看得到那一幢幢三层洋房，这就是民国文化名人村。泰戈尔、徐志摩、陆小曼、章太炎、周建人、胡蝶等人都曾经住在这里。四明村原为旧上海四明银行宿舍，由名建筑师黄元吉设计，拥有简化的石库门和较高的院落砖木结构，于一九二八年至一九三二年分三批建造。洋房的外部经历过一次又一次的修缮，让如今的结构跟外貌都跟当年没有两样，只是弄堂口已经不复当年，再也没有当地人称为"红头阿三"的印度门卫把守，变成了实用的小杂货铺。街坊邻居半夜临时要买瓶啤酒、做饭做到一半酱油突然用完了，都可以来这里添购，但更多是慕名而来参观的游客。弄堂里两边墙上挂着的一块块曾经在这里住过的大师的名言牌，向人们宣告这里曾经不可一世的身世。泰戈尔的诗句"树就像大地的渴望，它们都踮起脚尖向天窥望"，仿佛就是在赞美巨鹿路两侧的梧桐。

巨鹿路八二八号是渡口书店。这里是上海苦闷的文艺青年必去的小书店，不幸的是它正对着陈冠希开的潮品店，想愁苦地买一本文化论来惩罚自己的时候，却看到浓妆艳抹的女孩愉快地在试鞋。渡口书店就像这条路上所有的商店一样，自然而然呈现出一种街坊杂货铺子的样貌，院落和店铺面积很小，布置简洁，贩卖的书五花八门，内容过硬的镇店之书固然多，但卖得好的却多半还是引进的时尚杂志。店内还有部分书只可在店内借阅，因此店里总有三两个正在安静翻书的顾客，这里也可以寄卖二手书，也卖咖啡，总之就是上海式的乱中有序。

巨鹿路六七五号是爱神花园。这是一座仿意大利文艺复兴时期希腊建筑风格的花园住宅洋房。这座耗费了二十万银圆，因为花园里喷泉中的一尊普赛克（Psyche）雕像而得名的爱神花园，是在一九二六年由当时在上海留下诸多知名作品的匈牙利设计师邬达克所设计，由当年上海著名的馥记营造厂建造。邬达克没有延续过去作品现代派的装饰主义，而是严格遵守文艺复兴时期的建筑风格，因此让这座豪宅有着宫殿式的气派典范。这座洋房的主人是旧上海著名爱国实业家刘鸿生的胞弟刘吉生，所以以前叫刘家花园，是刘吉生送给他青梅竹马的爱妻陈定贞的四十岁生日礼物。刘鸿生人称"煤炭大王""火柴大王""水泥大王"，是旧上海也是旧中国工商界

"四大天王"之一。另外三巨头是余氏兄弟、南洋烟草简氏、永安集团郭氏。时过境迁,如今这里是上海作家协会的所在地、文学爱好者心中的圣殿,也曾经留下过夏衍、巴金等文学大师的足迹。光是门口挂着的那几块《收获》《萌芽》《上海文学》《海上文坛》等杂志社的招牌,就已经是上海文人骄傲的宣示。

巨鹿路八〇五号是萤七人间(People)。这家上海当地喜欢附庸风雅的文艺青年必去的餐馆,是在上海开的"人间餐厅"分店。人间餐厅共有七家分店:竹一、无二、砚三、龙四、泉五、穹六、萤七,其中无二、穹六和萤七三家开在上海,是日本极简主义大师三浦荣的设计作品。萤七是一座看似其貌不扬的建筑物,在它的灰色水泥墙上,有很小的一个门,一个从地下冒出光亮的阶梯。阶梯的尽头有一面墙,墙上有嵌着黄色灯泡的九个圆洞,排成三排,把手伸进其中两个正确的圆洞里,旁边一道门就开了,门后面是一面大镜子。店里的风格与菜单都跟其他连锁的人间餐厅很像,服务人员也都很漂亮,身着白衬衫、黑色的长围裙。穹六就在隔壁八〇三号,入口进去是一片十几米长的绿色竹林,再穿过两道自动木门,里面豁然开朗。在这家餐馆里吃饭,两个人随便吃也要一千元人民币。

巨鹿路上所有好的东西，无论是书店还是餐馆，都有一种共同的氛围，就是这些东西都不是当地的，各自从别的地方像被河流冲刷而来。就连各个店里的客人，也都来自四面八方，一如上世纪三十年代在纳粹迫害犹太人的狂潮下，上海接纳了数以千计的犹太人。大家都是过客，像做梦，也像宜家家具组成的漂浮的家。

上海一直都在做梦，巨鹿路更是一个醒不过来的梦，这个梦是舶来品。上海有两千万人，外来的异乡人就有五百万，占了全市人口的四分之一。每个人都孤单，每个人都在冒险，像我这样的外来人口，无论在上海多久，上海话说得多好，也永远不会成为上海人。对上海这个城市认同的困惑，从当年开埠时，那批来自欧洲戴着贵族高帽的英国人开始。他们拎着皮箱，怀着寻找新生活的梦想来到此地，选择离乡背井，来到上海圆一个冒险淘金梦；到了第二次世界大战期间，他们的孙子辈带着满满的雄心壮志，连护照签证都没有，就这么赤手空拳来到这个城市，凭着外国脸孔发战争财。上海每天都上演着发财致富的传奇故事，一直延续到现在。上海让来自西方的外国年轻人思乡却不愿意离开，宁可晚上流连在爱尔兰酒吧，喝着黑啤酒看着电视转播故乡的橄榄球赛；上海女子也用与西方男子的异国婚姻，来表明上海人的某种价值观。

学素描的人不知要画过几百张这个希腊头像,但是让它戴上京剧脸谱,就变成了描述今日上海最有趣也最传神的注解

我站在这个游戏竞赛外面，格格不入。静安寺对面的公墓，有一些老的墓碑，后来迁到虹口的郊区。墓碑上用着不同的语言透露着墓主的身份，这些都是从世界各地漂洋过海的异乡人，最后选择在上海安息。从来没有觉得安土重迁的我，不知为什么，却宁可将骨灰撒到汪洋大海，也不希望在上海终老一生。

或许上海对有些异乡人的迷人之处，正在于身份的混杂与暧昧。这个城市有着各式各样离散的社群，中国人、日本人、澳洲人、德国人、法国人、美国人、俄国人、印度人，共同创造了一种充满紧张又喧嚣的小宇宙。天晴天雨，寒来暑往，每天在巨鹿路醒来，我都比前一天更加困惑。

离开上海

刚移居到上海的时候，我试着用喜欢北京"胡同"的心情，来爱惜"弄堂"。但是很快地，我就发现了上海弄堂缺少北京胡同的悠久历史，有的是商业文化的气息。对生活于旧弄堂的上海人而言，它不仅是人们共同居住的空间，更是上海的毛细血管，里面流着的血液是一种看得见的往事跟记忆，布满全城需要养分的地方。

弄堂的兴起是在新中国成立前后。当时除了少数外国侨民、中国富人住在花园洋房，工人苦力住在都市边缘的棚户区外，大部分的上海居民都住在各式各样的弄堂中。"高级弄堂"是外国侨民、文艺界知名人士跟银行高级职员这类白领阶层住的，"一般弄堂"的居民主要则是普通职员或小店老板。虽然上海摩天大厦鳞次栉比，但是随便登上一栋楼往下看，总可以看见脚下一片片格局方正、由纵横的小巷连在一起的密集民居，有红色或青黑色的屋顶，如棋盘一样展开，从里弄房到石库门，从新式里弄房到花园洋房……

二十世纪四十年代，四百万上海人中有近三百万人住在弄堂房子里。那个时候能够住弄堂房子的人算"小康"阶层。但是起初这种弄堂房子并不是大众的民居，只是为流离上海的异乡人营建的暂时空间，诞生于战乱中的租界年代，最早的主人都是比较富裕的逃难的人。

精华地段的高级弄堂如果被保存下来，如今就变成了舶来品店。

或渡口书店。

或新都里的人间餐厅。

但改头换面，终究逃不了过往的身世。

弄堂既不是中国传统南方民居，也不是西式建筑，在上海人眼中，既非传统中国风味，也不是地道的洋房。弄堂说出了上海人包容东西方的梦想与希望。弄堂保持着日常生活的实用，踏实而安详，不亢不卑，但可能没有人能真心说自己爱上了弄堂。

弄堂中的居民可以看到彼此的生活，没有太多秘密能留得住。生活在弄堂，很难去喜欢那种氛围。

或许是弄堂的提醒，让我也反观自己：文化、教育背景，不正像上海这样又中又西？上海企图通过经济的追求来满足文化追寻的渴望，但如果没有"自我"的传统，很难经过重新诠释，随随便便就能产生价值。

老宅再生是否就能注入足够的梦幻,让老上海的梦能够永远不要醒来

生活在上海的我,即使不在巨鹿路,日日夜夜也还在极富历史色彩的外滩生活,因此也跟着像在弄堂生活的上海人那样,变得焦虑起来。

上海在物质主义中生活,一点都不畏缩,可是我没有这种在上海求生的坚强意志,所以只在这样的冲突中,变得更加困惑、更加焦虑。

这焦虑到了饱和的程度时,我终于决定离开上海。

遗落的一只皮箱

决定离开上海的那天,我记得自己像个逃亡的过客,说不出来的慌张。打电话给天天来家里帮我打扫、做饭的庞阿姨,说要搬离上海了,请她帮忙把一屋子的宜家家具、物品搬走。我没有说为什么要离开,庞阿姨也没有多问。当时要是她真的问起来,恐怕我也说不出个所以然,因为确实没有个可以具体称为"原因"的东西,能够解释给在上海弄堂里土生土长、一辈子力争上游、努力挣钱的庞阿姨。

如果真有什么勉强可以称为"原因"的，那应该是在报上，读到上世纪九十年代以一系列描写上海风情和女性传记而成为畅销书作家的陈丹燕，接受采访时说的一番话。

这天早晨，我在巨鹿路的家中醒来，初春的阳光美丽如画，我如常从信箱取了报纸，踩着法国梧桐树投在红砖道上的"金色铜板"，到马勒别墅旁边一家日本人开的小店吃西式早餐。打开报纸，一九五八年出生在北京的陈丹燕，回忆她自己儿时举家自北京迁居至上海的往事。她的父亲按家中老小将皮箱从"陈1"写到"陈11"，她在采访中说：

"人人都把我当上海人看待，可我家的大箱子知道我们不是。不是上海人，也不是北京人，是跟着箱子的人。"

移民身份的陈丹燕，素昧平生的陈丹燕，代表上海作家的陈丹燕，竟然不觉得自己是上海人，也不是北京人，只有家里那十一只黑皮箱才知道她只是个"跟着箱子移民去上海的人"。幸运的是，她有欧洲文化艺术作为心灵的寄托，她通过旅行到外面广阔的世界去找自己归属的

"故乡"。在旅行中她看到上海了不起的地方,从此称上海为"家乡",借着一连串旅行得到与上海奇妙的联系,给了自己的身份一个新的意义。

可是我呢?

当时二十多岁的我,心里突然一凛。

就这样,我匆匆逃离,将离不开上海的异乡人,留在爱尔兰酒吧中。

离开上海的方式很简单,没有十一只写着名字的箱子,实际上,我只发了封电子邮件给远在美国的老板,就带着随身行李搭上最近的一班飞机离开,回到太平洋另外一边的故乡。

所有的宜家家具和物品从公寓消失以后,剩下的私人物品,全部装进了一只皮箱放在墙角。我把屋子的钥匙交给泪眼汪汪的庞阿姨,"租约还有好几个月才到期,钱也付了,这期间,如果有人需要临时住宿的话，就由你来管理吧！"

向来精打细算的庞阿姨，一听之下知道有利可图，泪水就收了回去，破涕为笑，要我不用担心，回来前打个电话，她就会来帮我打扫。

当时我觉得回到美国，无非跟公司人事部说明一下我选择离开上海的原因，很快就会回上海来处理善后，但万万没想到，我就这样一去不返。回到美国后，很快就离开那家公司，再也没有回过巨鹿路的"家"。原本几乎天天打的庞阿姨家的电话，不知怎么很快就忘记了，怎么样也想不起来。这才发现虽然她就住在巨鹿路上，但我从来不知道她住在哪个弄堂，所以就算我想找也找不到她。不知不觉中，租约想必到期，直到现在，再也没有见过那只留在上海的皮箱。

一开始，我还常常想起慌乱中遗弃在巨鹿路家中的皮箱。每回找不到什么重要的东西，就怀疑在那只皮箱中。在聊天时，也偶尔会跟朋友说起那只皮箱里头的家当，甚至因此做了几个噩梦。但久

老的厂房改成文创园区,似乎是在每个城市上演一出让人既熟悉却又带着淡淡疑惑的戏剧

而久之,那只皮箱里头究竟有些什么东西,我慢慢想不起来了。到最后,甚至究竟是否有那只皮箱的存在,都变得不大能够确定了。

想不起来皮箱里有什么,意外地并没有让我感到悲伤,反而像是一种解脱,好像上海教会我一门很重要的功课——一只带不走的皮箱,里面锁着沉重烦琐的过去,这些东西都是我"想要"带走的,但是没有一样是真正"需要"的,就像上海的往事,放下来以后,轻装上路,才能放心向前。

虽然没有了一只皮箱里重要的东西,但我的人生也就这样继续了。

多年之后,我以完全不同的身份,又到上海出差。我还是怀念巨鹿路,特地找了附近一个听说是余秋雨跟朋友投资的小旅馆,窗外就是美丽的法国梧桐树。也特别空出一个晴天的下午,像进行某种仪式般,回到巨鹿路从头到尾走一趟,有些老地方仍在,也有很多不可辨认。经过小菜市场的时候,我的眼角闪过庞阿姨的影像,脑海里出现那只失落在地球表面的皮箱,挣扎了一会儿,我决定跨步前行——我已经离开上海,上海再也不是我的家了,上海从来就不是我的家,家终要装进一只皮箱里,皮箱只会更加提醒着我作为旅人的过客身份。在上海,我只是过客,不需要一只皮箱做更多的提醒,我的故乡,在别的地方。

原本跟着箱子四处找家的人,有一天,突然放下箱子,继续往前走,这下才真正自由了。

轻装上路,才能放心向前

CH03

天空之城，最小也最大的家

全世界每天都有三四百万人搭乘飞机。
三四百万，是个比一个中等城市人口还多的数字。
每年有超过一百天，我像只飞行的大雁，
在空中最狭窄的空间里，找到最宽广的家。

马克的行为艺术

来自美国的马克（Mark Malkoff）是一个很懂得跟企业共同营销的行为艺术家。二〇〇七年夏天，他曾进行了一个叫作"171 Starbucks"的活动，让自己在一天内走遍纽约曼哈顿的一百七十一家星巴克咖啡馆。二〇〇八年初，他又做了一个"马克生活在宜家"（"Mark Lives in IKEA"）的活动，住在宜家（IKEA）里头长达三十天。同年六月，他又进行了"马克在穿越航空公司的飞机上"（"Mark On AirTran"），跟廉价航空公司穿越航空（AirTran）合作，连续一个月在同一架飞机上，天天跟着这架飞机的航线东奔西跑。一天当中，有时早上先从亚特兰大飞到丹佛，接着再从丹佛飞到密尔沃基，然后从密尔沃基飞回亚特兰大，再从亚特兰大飞到洛杉矶，晚上再从洛杉矶飞到亚特兰大。虽然飞行员、空乘人员不断更换，但他却完全没休息。光是前十五天，飞行总里程数就已经高达五万七千六百四十六英里（约合九点二万公里；美国东西海岸从纽约到旧金山，跨越三个时区，六个小时飞行的距离大约是三千英里，约合四千八百公里），到了洗澡时间，马克站在镜头前穿着潜水衣在洗飞机的强力水柱下面，和飞机一起沐浴，马克可怜的妻子只有在周末的时候，飞到马克所在的机场跟他短暂会面。无论多么喜欢搭飞机的人，这样折磨一个月下来，应该会一辈子不敢飞行了吧？

最有意思的是，马克是个很怕坐飞机的人。

如果马克的行动听起来像是一种折磨，那我的移动生活听起来可能也不怎么愉悦。因为平均一年当中我飞行的里程数，大概是马克这半个月飞行总里程数的三倍，大概相当于每年要环绕地球赤道六圈；平均每年会有超过一百天要搭飞机。在任何一个地方花这么长的时间，大概都比家还更像家了吧！

实际上，我确实觉得在天空中有一个家，这个家是飞行在空中的金属盒子。

除了飞行器本身，还有飞机起降两端的机场，串联起一个独一无二的生活空间。我不是行为艺术家，但我在半空中，却有着世界上最奇特，却又不失真实的家。

航站情缘

自从汤姆·汉克斯主演了一部根据真实事件改编的电影《幸福终点站》（*Terminal*）之后，开始有人注意起世界上一小撮选择在机场生活的人。

在多伦多皮尔森机场（Pearson Airport），曾有位年纪在四十多岁的妇女，天天拖着行李箱出现在机场，晚上就睡在那里。机场所在的皮尔郡（Peel Region）的警方，在她"住"在机场一个月后，对这个女人进行问询，结论是这个女人并没有任何精神上的问题。虽然皮尔森机场二十四小时开放，随时都有旅客进出，但毕竟不可以

旅人的随身行李有时候只需要一本书、一个破旧的皮夹,安全感或许只是一种主观的想法

将机场当家来住。警方晓以大义后,妇女自愿离开机场。警方还给了她一张巴士票,让她离去。皮尔森机场当时的发言人凯雅(Trish Krale)说,有人在机场睡觉,这是司空见惯的事,所以当这名妇女一开始以机场为家时,主管单位也不太在意,但一住就是一个月,似乎十分罕见。所以问题不在于机场不能当成家来住,只是不能住太久。

在西班牙马略卡机场也有一名德国女子贝特蒂纳(Bettina),她比较幸运,在过去十年,一直以这个机场为家。贝特蒂纳来自德国南部,从来没有向外透露自己的全名,只承认自己无意返回德国,因为在她三十八岁的时候,跟男友分手又遭逢失业,独自到西班牙马略卡展开新生活。在逗留马略卡期间,曾经在餐厅任职侍应生和厨房助手,但后来由于这些工作需要留给西班牙人,她又失业了。在缺乏金钱的情况下,她开始住在马略卡机场,期间也曾获得一些朋友供应的食物和零用钱。

贝特蒂纳带着三个行李箱、一张毛毡、一些书籍和一只宠物白猫,永远打扮得整整齐齐,觉得生活也颇为称心如意。在机场旅客繁忙的时候，通常拿着一本书阅读。衣服在洗手间洗，想睡觉就睡在离境大厅的椅子上。机场发言人表示，贝特蒂纳从未骚扰任何人。基于马略卡机场是公众场所，机场管理局认为他们没有理由阻止贝特蒂纳使用机场设备。机场的所有工作人员，也没怎么把这当一回事，直接称呼贝特蒂纳为"那个养猫的女人"，而不是"住在机场的女人"。

电影《幸福终点站》的灵感来自真实世界。主角纳塞瑞是东欧移民，他在一九八八年八月抵达巴黎戴高乐机场后拒绝离去。详情如何，因纳塞瑞本人长期疲劳、精神状态欠佳，无法确认。连电影上映时他的年纪是否确实为五十九岁，外界也无从得知。只能拼凑出他可能于一九四五年生于伊朗，在英国受大学教育，二十世纪七十年代曾参与反对伊朗巴列维国王的示威，导致他于一九七六年返回伊朗时遭驱逐。他母亲是英国人，但英国并未接受他的政治庇护申请，因难民文件被窃，一九八八年比利时政府以"非法移民"为由将他逮捕并遣返。纳塞瑞因为担心被迫害，经戴高乐机场时，称自己无国籍，从此在机场住下来。

他用机场的两个手推车画地为家，一直以新月形的椅子为床，电影要上映的时候,他最后决定不参加在巴黎的首映式,因为他担心一旦离开戴高乐机场航站大厦久据二十年为家的角落太久,机场安全人员铁定会火速清除他的所有家当。导演史蒂芬·斯皮尔伯格的制片公司"梦工厂",把将近三十万美元(折合人民币约二百万元)汇进纳塞瑞在机场邮局的账户,邮局距他"家"只有几步路,这样他就不用担心家当被"抄"。在机场同一个角落住了二十年,很难不承认戴高乐机场不是纳塞瑞的家。

日本人野原广之在前往巴西途中,持观光签证在墨西哥转机时,因遗失出入境相关资料,而被迫滞留墨西哥国际机场。他虽然持有墨西哥签证以及回程日本的机票,但他既不离开机场去市内观光,也不打算返回日本,而宁可在机场懒洋洋地度日。在墨西哥国际机场生活近三个月,以机场为家的他,一头乱发、留着长胡子、围条大围巾就像个街头流浪汉。野原成为机场流浪汉后,经常在机场的餐饮街发呆、睡觉,周遭的旅客都对他投以异样的眼光,不过,人们渐渐习惯了这个怪人之后,开始有人上前跟他搭讪,店家也主动接济他三餐,还莫名其妙成为媒体一时竞相采访的名人。野原在接受当地媒体采访时表示:"我不懂我为何会在这里?"他还说,不知

几乎每个国家每个机场的候机休息室,我都像自家的客厅那样熟悉,取代窗外花草的风景是一架架来来去去的各国飞行器

道自己会留在墨西哥机场到何时,不想离开机场并没有特别的理由,可能是还想呼吸墨西哥的空气吧!野原还强调,自己并不是因为看了《幸福终点站》才有如此举动。

野原后来虽然申请到补发的证件资料,却因习惯了机场的生活而舍不得离去。墨西哥机场是在接到旅客投诉后,才发现这名意外的访客。原本希望日本大使馆想办法让野原离开机场,但因为野原有效期六个月的墨西哥签证到隔年三月才到期,大使馆和机场都无权要求野原离开,只好静待野原主动求去。

这些人,都是因为喜欢机场才在航厦中住下来的,这跟任何一个心智正常的人,选择喜欢的环境居住,并没有什么两样。我想并没有人讲得出为什么一定不可以喜欢住在机场吧?

肯尼亚也有一个叫作桑加沙哈的四十二岁男人,为了想要赶快拿到英国国籍,在肯尼亚的内罗毕机场生活了十三个月,结果如愿以偿。因为肯尼亚曾是英国殖民地,所以只要在肯尼亚独立前出生的国民,都有所谓"英国海外公民"的身份,通常这种海外公民并从加拿大西岸城市的泰国大使馆楼上往外看,玻璃的这边是东方,隔着日式庭园的那边就是西方,区隔东西方的不是这块透明的落地玻璃,而是我们在心里选择的家乡

没有在英国本土的居住权,但是二〇〇三年英国新法律承认海外公民可以申请成为正式的英国公民,桑加沙哈等不及了,就把老婆小孩留在肯尼亚,打算先去英国等身份,拿着有效期半年的探亲签证到了伦敦,移民官看到他的机票是单程票,有非法移民的顾虑,所以依法拒绝他入境,还在他的护照上盖了章,打算遣返他。

可是桑加沙哈因为申请成为英国公民,在肯尼亚已经被取消国籍,身上又没钱,所以哪里都去不了,只好心一横在内罗毕国际机场的候机室待了下来。因为他一心一意要移民的主要目的,就是要让他还在中学念书的儿子,将来到英国接受大学教育,摆脱他在肯尼亚蓝领阶级的命运。如果有了英国籍,在英国念大学的学费就比外国学生便宜许多,桑加沙哈为了儿子的未来,发誓没拿到英国护照就不回家。整整十三个月,桑加沙哈每天早上五点就准时起床,看着搭早班飞机抵达的乘客入境,直到深夜最后一班飞机离开才入睡。妻子每个星期会帮他送饭来,刷牙洗澡就在航空公司贵宾室的洗手间解决,其他醒着的时间就在机场闲逛。一年下来,机场上下无论是免税店的老板、打扫厕所的清洁工、移民官,还是安保人员,全都成了他的朋友。

一年又一个月以后，因为很久没有晒太阳而变得脸色苍白的桑加沙哈，终于正式获准成为英国公民——完全按照正常程序，跟他在机场滞留抗议一点关系都没有。

二〇〇八年的经济危机后，在纽约的肯尼迪国际机场也出现了一群失业或没有稳定收入、因为租不起房子而干脆以机场的候机厅为家的人。他们穿着笔挺的西装，拉着行李箱，如果不是每天都出现在机场，任谁都会误以为他们是一般出差的商务人士。

这群人每天总在差不多的时间出现在候机厅，晚上就睡在候机厅的座椅上，第二天早上乘巴士离开，晚上又回来，日复一日，有的长达半年之久。如果找到工作的，白天还是去办公，晚上再回到机场，就为了省下纽约昂贵的房租。对于大多数安土重迁的亚洲人来说，或许很难理解，但是在美国生活的时间长了，不时也会听到朋友的兄弟姊妹中，不乏自愿选择成为游民的。所以选择机场为家，跟选择露宿街头，选择租房子，或是到收容中心，其实没有两样。

我知道他们选择的，不过就是家的形式。

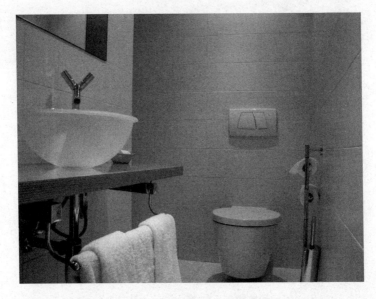

虽然客观上我失去了个人空间,但是主观上,我却变得跟自己的内心更加接近

半空中的家园

我喜欢飞行，飞行让我能够悠游在不同的地方，虽然不管到什么地方，无论是度假或出差，无非就是换个场景过日常生活，但飞行就像写文章到了一个段落，让人可以换行另起。生活有时候虽还不到分章的时候，但是要分段；从一个地方飞到另外一个地方，就是清清楚楚地分段。严格说来，当我将护照交给航空公司柜台人员派位的那个刹那，就是为前一段生活画上的一个句号。

由于时常飞行固定航线，因此我在各个国家认识了很多飞机上的机组人员、负责帮我办理登机手续的地勤人员、在航空公司休息室工作的柜台人员，甚至清洁工、专跑机场路线的出租车司机和巴士驾驶员、在免税商店上班的售货员。我的生活在某种程度上跟他们的生活同样规律，所以每当有人认为我四处漂泊的时候，我都很难三言两语解释清，其实每年一百天在飞机上的生活，也是非常规律的。

好几次，当我到达桃园国际机场，从航站楼大门准备走向航空公司柜台办理登机手续的时候，短短几步路程中，柜台的小姐已经把我的登机牌打印出来，我还来不及将护照交给对方，柜台人员就直接称呼我的名字，并且祝我"旅途愉快"。

"护照呢？"我说。

"不用看了。"航空公司的柜台小姐笑着向我挥挥手。

从东京飞往曼谷的飞机上，熟识的空乘人员常常会把我拉到厨房，请我在他们的地图上标示出曼谷好吃好玩的地方；或是机组人员当天下榻的饭店附近，哪一家水疗 SPA 或餐厅比较好、营业时间比较长，哪里能找到免费无线上网……他们毕竟只有短短的二十四小时，曼谷又是"兵家必争"的热门航点，不知道下次什么时候还能有幸再排到，所以必须有详细的"作战计划"。我身为半个曼谷当地人，因此变成空乘人员的玩乐参谋，有时我们也会晚上一块吃饭、看表演，或是一起去针灸；有时候他们也会从机场顺路载我一程，帮忙省了一笔出租车费。对有些机组人员的朋友来说，我比他们真正的同事更像同事，因为说来有趣，他们见到我的时间，可能比见到同事的时间更多。

有个专跑机场的出租车司机，多年来我常搭他的车，时间久了就像朋友了。他要换新车的几个月前，听他滔滔不绝地说，我也真心为他高兴；有时明明不赶时间，也因为知道他最近生意比较清淡，特地舍弃公共交通工具而搭他的车，但我绝对不是特别的客人，因为还有其他的熟客。搭他的车久了，对他产生信任感，而在出国前聊着聊着就变成委托他卖房子，甚至有一次更厉害，还转卖墓地，通常不出几天，司机就可以找到合适的买主，买主当然也是他的熟客。

印象很深的是有一回，一位清贫的出家人眼看飞机起飞的时间快要到了，但正好遇到下班堵车时间，机场巴士迟迟不来，见他心急如焚，我还得串通这个司机大哥，佯装我也快赶不上飞机，必须搭出租车，邀请这位出家人"顺便"搭我的车——司机少算一点，由我买单。

在荷兰的飞机上，担任乘务长的英国朋友，特地调了班，为了让我能完成生日愿望，跟正副机长说好，起降的时候让我坐到驾驶舱里面。

我的一个来自菲律宾的厨师朋友，某一季应邀在德国的汉莎航空公司担任明星行政主厨，设计头等舱的菜品，为了拿到印有他简介和照片的菜单，我特地用积攒多年的里程数，换了一张飞法兰克福的头等舱机票。就像爱跟朋友炫耀自家儿女的欧巴桑，我指着照片骄傲地告诉空乘人员："他是我的朋友！"

在曼谷机场免税店工作的友人，知道我要来之前，会把过期没有卖出去的英国《卫报》留给我，作为我在飞机上的精神食粮。

航空公司休息室每个月会分到一本以杂志来说售价相对有些昂贵的月刊《单眼镜》(*Monocle*)。因为只有一本，也无法公开陈列，于是偶尔就会变成送我的礼物，我读完了以后，再转送给喜欢设计的朋友。

在东京成田机场的航空公司休息室，盥洗之后和在机场工作的老朋友一起去员工餐厅吃饭，成为每个月两次的固定社交活动。

飞行到特定机场的时候，我也可以当义工，帮忙将在国内找不到主人认养的流浪犬，带到美国的机场跟认养家庭会合，避免它们遭到捕杀的命运。

　　住在世界各地的朋友，很多时候一年也回不了家乡一次，所以我就从他们的家乡带家人送给他们的礼物，或是特别想念的食物、特定品牌特定味道的床单芳香剂、某家小店手工制作的陈年奶酪、某个牌子季节限定的巧克力棒、印尼的麝香猫咖啡、活的波士顿龙虾、某家意大利老店手工制作的新鲜马卡龙……每个人似乎都有不同的方式，以解思乡之苦，更别说有些地方买不到的特定商品，从木瓜酵素、发胶、乳液、奶片、银发维生素、褪黑激素，到小型笔记本电脑、相机、漱口水、小夜灯、CD、绝版书籍、可以三百六十度旋转的循环扇、扫地机器人、限量的高级折叠式脚踏车，可以说只要想得出来的东西，我都帮忙带过。虽然时常扛得上气不接下气，朋友开玩笑称我为自找麻烦的"骡子"，但是每次只要看到朋友拿到他们朝思暮想的那样东西，那种满足的神情，我就觉得非常值得了。因为这种快乐，是再多的钱也买不到的。

　　这样的日常生活，绝对很真实，只能说我的现实跟其他人的现实，不见得总是完全相同。

中国玩笑写实主义流派的艺术家岳敏君在温哥华的雕塑作品。延续向来以嘲讽的语调质疑现实的生存,以荒谬的形式突显存在的本质。这一群傻笑的光头,把艳俗的自我形象变成纯粹的形式,并将这种形式感发挥到让人触目惊心的地步

给你点一个赞

最近一次回家乡工作,办了间工作坊,用我在缅甸的工作经验,和当地六十位专业的社会福利人员共同作案例分析的练习。一年到头在外,如今能够为家乡的 NGO(非政府组织)工作者做一点点事,让我觉得很开心。

工作结束后,我赶着搭飞机到一个外地城市。

到那个城市,每天只有一班飞机,下午两点四十分起飞,这让时常赶不上火车、高铁、飞机时间的我十分焦虑。因为当天下午五点钟有一场半年前就约定好的讲座。通常无论时间再怎么紧凑,就算错过了也都有改乘其他交通工具的替代方案,但独独这次,千万不能出差池,否则一定会造成主办者很大的困扰。所以我从前一天就开始祈祷班机不要取消,不要误点,当天也很难得早早就到了机场,拿了登机牌以后,柜台小姐好心提醒我:

"先生,您可以在外面等候,也可以进去候机室,可是如果进了候机室,就没有地方可逛了喔!"

机场很小,就算不进候机室,也完全没有地方可以逛啊!除非上厕所跟使用邮局邮票自动贩卖机也可以算是一种行程。

总之,飞机出乎意料的准时。一上飞机,满面笑容的空乘人员,就用其他人也可以听见的正常音量说:"咦?你是名人对不对?"

我不知道一般人会怎么回答,但是我一来很害羞,二来真的不觉得自己是名人,于是连忙摇手,"不是不是,我不是名人!"就立刻钻到自己的座位去了。我很纳闷,她会这样问,难道是因为世界上真有拍着胸脯说"是的!我就是名人!"这样的家伙吗?

其他乘客陆续登机,舱门还没有关闭,同一个空乘人员又走了过来:"啊!我想起来了!我喜欢你做的事情。"接着,她伸出食指,在我的肩膀上按了一下,我一时会意不来,她笑着说:"我给你点一个赞!"

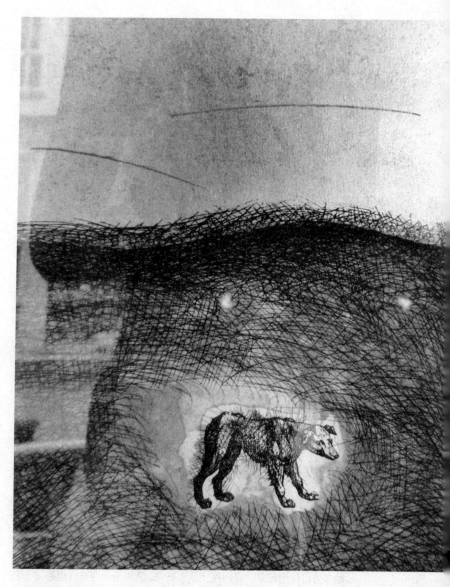

拉拉的英文是 yellow lab retriever，retrieve 在英文中就是把东西捡回来的意思。家对于我们，其实就像球之于拉布拉多犬，重点不在于拥有那颗球，而在于一再丢出去能够一再捡回来，而乐此不疲的仪式。家就是那颗球，家的意义不来自在家的时间长短，而产生于一再离家，所以能够一再回家。

说完就转身去做自己的事了,全程没再多说一句。

这段插曲,让我全程特别注意这个空乘人员,在分发饮料的时候,她也特别跟坐在我后面一排的乘客一家三口打招呼、话家常,不但记得他们前一天才乘坐过这个航班,也记得他们去程的座位,让这家人感觉受到重视,非常开心。

我相信这位空乘人员,一定是个让身边的家人、朋友也都随时觉得自己像个 VIP 的人。下机的时候,我本来也想在她的肩膀上点一个"赞",但终究因为实在太害羞,又怕引起误会而作罢。

这也让我想起前一天的火车上,也遇到类似的事。

一节车厢里,除了我和几位散客之外,只有一个旅行团,全部是中年团员,看来彼此原来就相熟,而且可能平常住在钢铁厂旁边或夜市这类需要随时大声吆喝的地方,所以一上车就为了任选三项的自选行程,开始高分贝讨论起来,直到我已经几乎可以将那十个自选行程都背下来了,还是有几个大叔大婶,一直重复问到底该选什么才好,统计了好几次,结果每次统计的人数都不一样,只好重来。

因为车厢其他地方还很空,我于是静静地往前挪了两排,拿起书正准备看的时候,终于忙完的团员,好像突然发现车厢另外一半是空的,于是又兴奋地骚动起来,也跟着扩散到其他座位,但是为了要隔空聊天,只好比先前的音量更大了,我真希望自己也有这么大的嗓门,这样就可以去教中学了。

过了一会儿,我又偷偷挪了一次位子,这次到车厢的最前面,正长长叹了一口气,准备再度挑战一直在混乱中无法读进去的那本书时,旅行团里的一个大婶,竟然特地移到我的旁边来。

我只好努力装着很专心的样子,其实一个字也读不进去。因为一直感受到她的眼光落在我的身上,等我终于抬起头来,她好像逮着了机会,立刻与我攀谈,但她开口说的话却让我很意外。

她的第一句话是:"真对不起,我们很吵,害你换了两次位子。"

原来她从一上车就很注意我，我立刻笑着说：

"没关系！没关系！出来玩就是要开心啊！不然静悄悄的怎么像玩呢？"

其实我的耳朵已经濒临出血，但紧接着，大婶的第二句话，就更让我意外了。"我知道你是做什么的，我希望我的儿子也能成为像你这样的人。"说完，她点头笑笑，就回到旅行团里，加入"混战"之中了，我完全认不出来是哪一个。对我来说，全世界的大婶看起来几乎都长得一样，就算我自己的母亲混在里面，可能也认不出来是哪个吧？

就在那一刻，我心里突然觉得很温暖。

不认识的大婶，刚刚帮我的人生点了一个赞。

虽然我不知道在空乘人员跟大婶心目中，我到底是谁，她们到底认为我在做些什么，我想她们并不是因为故作神秘，其实大部分的时候,我也不知道我在做什么,只知道我在努力过着想过的生活,努力做一点对的事情,不跟人家比赛,也不怎么关心跟梦想无关的事。

如果仅仅是这样,就可以让陌生人默默地支持我,潜在水下静静点一个赞,我相信他们也都每天用这样的方式,鼓励着其他和我一样在努力的普通人。我无论在什么样的社会标准下,都算不上有成就的人,但是这一刻,却因为得到了陌生人的鼓励,让我感受到温暖,觉得自己是成功者,这已经足够让我继续走下去了。

"有一天,我也要鼓起勇气,成为这种给陌生年轻人点赞的人!"我的心里,也同时许下这样的愿望。

空中的家居生活

我时常怀疑,就算从来不旅行的人,扣掉每天上班的时间,每年待在家里的时间,加起来究竟有没有一百天。相对来说,我每年有一百天在空中飞行,待在这个"家"的时间可能比一般人在家的时间更长。

在飞机上准备要跟缅甸山区农友们分享的朴门课程。32 排 C 靠窗,今天这里就是我的书房

既然心理上认同以空中为家，那在家里就会有我自己规律的家居生活。有些人可能会认为在飞机上因为没有隐私的公共空间，所以无论如何也不会有在家的私密感。但是有时候，人需要创造私密空间的条件，并不见得是四面墙壁跟一扇可以上双重锁的厚重金属门。

非常注重隐私的日本，在东北部发生地震灾害以后，有许多被临时安置在学校礼堂的受灾户，因为缺乏自己的私密空间而心力交瘁。因为一天二十四小时随时要在许多人的面前吃饭、睡觉，并不是件容易的事，但现实条件又无法容许他们回到自己的家园去。于是折中的方式就是安装活动拉帘，让每个人按照自己的需要，任何时候都可以拉开，也可以拉上，所以可以在开放空间、在需要的时候，分隔出个人的空间，灾民表示生活质量因此得到非常大的改善。一个原本看似无解的问题，其实解决的方法可能比想象中简单。

我对于这件事特别感同身受，因为在飞行途中，我也有需要自己空间的时候。如果每次都专挑空中客车 A380 机型的头等舱，那么问题就不怎么大，因为这表示我会有自己的简易门，可以将座位变成一个封闭的舱房，但现实是：我一次也没有乘坐过 A380 的头等舱，在可见的未来显然也没有这个机会，所以必须有别的办法。

"空间"这种东西在一般生活中，多一尺或少一尺并没有多大区别，但是在飞机上，即使是一寸之差，也有巨大的感受差别。这就是为什么，每一次只要某家航空公司进行座位改装，公布他们经济舱前后座之间距离的英寸数时，就是全航空界关心的大事。飞机上跟邻座的人，究竟谁才有权在这段或长或短的航程中享用隔开座位的扶手，往往变成一场斗智兼斗力的竞赛。

在长途行程中，当用餐时间结束，座舱的主灯光调暗以后，我发现界定私人空间的，不见得是座位的界线，而是当我将头顶的阅读灯打开时，光晕所笼罩的锥形空间。

在这锥形空间中的我，看不到黑暗中其他的人在做些什么，也不在乎别人是否盯着我瞧。在这锥形的亮光中，我开始愉快地享受属于自己的日常生活。一本平常因为有各式各样的干扰，无法从第一页看到最后一页的书，在这锥形的亮光中，我可以戴着抵消杂音的 Bose 耳机，安静地沉浸在书中的美好世界。网络时代越来越难寻找的单纯阅读乐趣，只有在飞行的时候，才会显得如此光明正大。于是"我在飞机上看的书"，变成了生活当中一种具体而明确的种类。我知道这本书，在目的地就会跟我分手，因为带着这本书走上飞机之前，我就已经知道在地球的另外一边，有哪个朋友会喜欢这本书，如果没有的话，我也可以通过像 www.bookcrossing.com 让真正喜欢的人可以免费得到它。通过这样的网站，将一本好书"放生"。当我想要睡眠的时候，我只要关掉头顶的阅读灯，戴上我最喜欢的丹普（Tempur Pedic）眼罩。实际上这家厂商不把它称为眼罩，而叫作 eye pillow（给眼睛用的枕头），只要使用过这种眼罩的人应该都会同意吧！正因为它又厚又软，所以当我的眼睛在这眼睛专用的枕头后面的时候，我就处在完全的黑暗中，奇妙地复制出像一个人在家中床上睡觉的私密感，虽然我知道每个人都可以看到我，但是因为我选择无法看到任何人，所以只要我没有拿掉眼罩的这段时间内，加上抵消噪声的耳机，我就是一个人在家，无论是十个小时，还是二十分钟。

　　作为一个文字工作者，飞行的完整时间也格外珍贵。因为在这段或长或短的时间内，几乎没有外在环境的干扰，也没有任何复杂的事件，手机不会突然响起，不会传来短信，也无法好奇脸书上究竟别人又说了什么，因为什么都不能做，所以平常操心的事情突然都变得不用操心了。因为没有选择，所以也不用管下一餐要吃什么，思绪难得可以滞留在同一个状态，按照我的需要不断延续。此时在笔记本电脑键盘前处理自己的思路，就像工匠用小锤子将一块纯金几乎无限地延展。虽然知道此时我的身体，正在距地球表面三万英尺的高空快速移动中，但是身体跟心神状态却可以是无比静止的，这是多么神奇的一件事。

对什么都充满好奇，以至于从小做什么都很难专心的我，因为有了每年一百天在飞机上生活的时间，终于在生活中为自己找到了一个可以专注的时空，在这里思考下一段在陆上的时间，该做好的事情、该跟谁说什么话、应该扮演好的角色，虽然客观上我失去了个人空间，但是主观上，我却变得跟自己更加接近，好像一个人在家，空乘人员、机组人员、其他乘客，这些人都成了我的邻居，我们偶尔产生交集、点头、微笑、交换意见，但是这并不阻止我全心全意专注过我的生活，因为我在家。

如果想知道自己是否适合生活在这样的"家"中，瑞典斯德哥尔摩的一处机场内，有一架用波音 747 型班机改装成的"飞机旅馆"（Jumbo Hostel），停放在停机坪上，飞机上被分隔成二十五个房间，每个房间六平方米。

很多人肯定跟我一样，珍惜在飞机上的日常生活，这是为什么世界上有一些人，买下退役的客机，改装成为住宅，一年三百六十五日都住在没有起飞的飞机上。虽然我永远不会这么做，但是至少证明了以飞机为家，并不是那么疯狂、不可理喻的想法。

最近，在温哥华机场看到 HSBC（汇丰银行）的一个广告，说无论一天二十四小时的任何一刻，都有五十万人正在空中。这也就是说，如果平均每趟飞行时间是一到三小时的话，全世界每天就有超过三四百万人搭乘飞机。

三四百万人，比世界上大部分的城市人口更多，甚至多过许多国家的人口数，所以如果当成天空中有个三百多万人的部落，我想有些人会和我一样，在空中最狭窄的空间里，找到最宽广的家。

晴朗的早上，飞机下降在中缅甸一望无际的平原，我坐在半空中的家，享受着每秒都变化万千的窗外风景

CH04

伦敦，离开后才开始想念的疏离城市

逃离伦敦的家后，
回视当时的失落感，发现或许是自己的问题。
中国人喜欢讲融合，认为融合不了就是一种失败，就像爱与被爱。
但是伦敦或许看得透彻一些，人本来就各自不同，
根本不需要像寿司拼盘那样通通摆在一个盘子上。

一个没有当地人的城市

我在伦敦生活的时候，住在离贝斯沃特（Bayswater）地铁站出口不远的安静阁楼上，门口就是一株巨大的板栗树。由于租金高，这间美丽的老房子被隔成每个单元都很狭窄的昂贵公寓。进门处的玄关必须巧妙侧身才能通过，否则公文包就会把炉子上的水壶打翻。楼下只能容下一套宜家的沙发桌椅，正对着一台恐怕比我的笔记本电脑荧幕还小的电视机。至于寝室就只好勉强在半空中隔出"楼中楼"来。由于屋顶不高，我在床上就连坐直都没办法，更别提站立，

花店

这不是伦敦，但也可以是伦敦。我时常在想，究竟一个城市是来来去去人的组合，还是一个地点。

每天就这样歪歪斜斜，东碰西撞地在这每周租金五百英镑的"鸡笼"中凑合着生活，让我时常怀疑板栗树上的松鼠，都可能过得比我好。

实在闷得难受的时候，我就会去一个街口外的海德公园（Hyde Park）散步。一出门，就听到年纪很大的清洁工，一边扫地一边嘴里喃喃自语：

"一整天还没看到一个英国人！"

我听了不禁"扑哧"笑了出来，是啊！英国人已经不住或住不起伦敦市中心的西敏寺地区了。我居住的这一整条街，所有的房东都是中东人（我的房东是埃及人），房客来自世界各地，但真正的英国人，都悄悄自愿或非自愿地离开，剩下的几乎个个都是外地人。

在这个几乎没有当地人的城市，似乎很难让人有家的温暖感觉。

逃入海德公园

辽阔的海德公园面积为十四平方公里，位于伦敦中心的西敏寺地区，是全伦敦最大的皇家庭园。海德公园被九曲湖（Serpentine Lake）分为两部分。因为紧邻着肯辛顿花园，让许多人认为肯辛顿花园也是海德公园的一部分。其实严格来说，它们是两个公园。如果连肯辛顿花园一点一平方公里的面积也算进去的话，总计有二点五平方公里的绿地，可以说拯救了时常被狭窄"楼中楼"公寓压得喘不过气来的我。

肯辛顿花园是一大片平地，而海德公园却高低不平。许多设计还是十九世纪二十年代建筑师德西穆·伯顿（Decimus Burton）的作品。海德公园是一八五一年万国工业博览会的旧址，约瑟夫·帕克斯顿（Joseph Paxton）还为了博览会设计了一座水晶宫。

伦敦阴冷沉郁的冬天，让人难以开怀，好不容易熬到夏天，汹涌的外国游客却又令人抓狂，所以，我总是挑海德公园人最少的地方走。通常从演说者之角（Speakers' Corner）旁边、公园东北角的大理石拱门进入，趁着没有人练马术的时候，沿着骑马道（Rotten Row）散步，经过水晶宫遗址的北部边界，到海德公园东南角。

九曲湖以南是黛安娜王妃喷泉，那是一个椭圆形石头喷泉，正对着全伦敦最豪华的酒店——兰斯铂瑞酒店（The Lanesborough），那儿最贵的套房每晚要价六千英镑。每当我觉得我租的"火柴盒"很贵的时候，就去站在酒店前，告诉自己在这里住一个晚上的花费，可以让我付几乎三个月的房租。这样一想，就觉得好过一点。

披头士的第四张专辑于一九六四年秋季在海德公园完成，但那已经是很久以前的事了。公园里住着许多跟披头士同样滑稽的禽鸟，它们在湖里游泳，出水的时候干燥的地上就会印着它们跟身体不成比例的大脚印子，看着它们总能让我心情开阔许多。天气好、不用进办公室的时候，我就带着书跟工作需要的书面文件，躲到公园遥远角落的荒芜草场，躺着看难得的蓝天，同时心里下定决心，只要哪天搬离伦敦，如果不能住大房子，就绝对不再回来！

"不，不只是伦敦，纽约、巴黎、东京也都是一样，人与人如此疏离的大都市，外地人构筑而成的都会，缺乏成为家的感动，这里永远也不会是我的家！"

但是直到离开伦敦很久以后，我才开始想念伦敦的家，发现这个被我误解的大城市，其实深藏着某些动人的美德。

我讨厌伦敦

许多人对伦敦这个城市倾心不已，喜爱它庞杂的地铁、缤纷的艺术、傲慢又典雅的天际线，说它集欧陆文化历史的大成，吸取多元人种的精髓，是人文世界的窗口，是人类城市中的经典。但是对我来说，却从一开始就对伦敦充满了偏见，认为它拥挤、脏乱、昂贵、疏离、自恋，道路柔肠寸断，寸步难行。星期五晚上满街酒鬼从酒馆里像打翻的猪油般流到路上。星期六一早醒来，满街都是醉汉沿街撒尿的骚臭味。伦敦最可怕的地方是，让明明该拥有尊严的人，却个个活得像乞丐，房子被房东分隔到小得像牢房，水管跟暖气永远有一个有问题。张爱玲形容香港华丽与苍凉，或许用来形容今天的伦敦，更加贴切。

我不明白为何伦敦地铁在全世界拥有那么多粉丝。巨大电梯像通向屠宰场的古老工业设备,几乎没有一天是全线通车,不是有几条出车祸,就是有几条在施工中。也没有空调,所以到了夏天闷热到要让人中暑。有些路线的车厢狭窄到站直就会碰到头顶,还好我每天在这样的公寓中生活,已经渐渐习惯了。但习惯不代表喜欢。

硬件的问题都还在其次,毕竟我也曾以更混乱的埃及为家,但我最不能接受的是,几乎每个人都跟我一样是外地人。如果我要住在一个没有根的现代城市,大可搬到有百分之七十五是外国人口的迪拜去,起码剩下的百分之二十五还有深植的部落传统。

伦敦作为一个国际化的大都市,外国人占了超过百分之三十的人口。这里聚集了来自世界上不同国家、不同文化的人。走在伦敦街头,无论你是什么种族,穿着什么地方的罩袍、头纱,甚至自己发明的伪传统服装,恐怕都不会有人多瞧上一眼。忘了当时在哪里看过一个数字,说是伦敦外来人口中,有超过五十个少数民族群体,这些来自不同国家的少数族裔人口,在伦敦各自都有一万以上,同时使用着超过三百种语言。相比之下,就连号称"最国际化"的纽约市,外国人也只有百分之十五点六。

英国《卫报》几年前曾经发表了一份特别调查报告，宣称伦敦是最有资格被称为"全世界最具种族多样性"的国际大都市，因为人们可以在伦敦找到世界上几乎所有的宗教、人种、语言和美食。

七百五十万人口的伦敦，百分之三十就是两百二十五万，这仅指出生在英国以外的第一代外国移民，还不包括没有列入统计的新移民，及为数众多的外国第二代、第三代移民，因此即使对大部分的英国人来说，伦敦也像个外国城市。除了大都市的外观、生活步调和英国乡村、工业城市有天壤之别外，主要就是伦敦居民的多样性。走在伦敦的街头，就仿佛置身于纽约联合国总部大楼的一楼大厅。不同种族的移民来到伦敦，带来不同的语言、宗教和生活习惯，把伦敦转化为一个充满多元文化的社会。各色人种和族群所带来的文化差异和丰富性，是伦敦以外的英国城镇所无法取代的。

从二十世纪末开始，伦敦就是英国人口增长最快的城市。伦敦的白种人比例也因此不断下降，英国白人只占不到六成，加上其他

法国蔚蓝海岸的意大利小馆，墙上的收藏，是唯一能够看到主人对家定义的线索

欧美的白人也只占约七成，第二多的族群是印度、巴基斯坦和孟加拉裔的移民，约占有百分之十三，来自非洲和加勒比海地区的黑人也占了百分之十。相比起来，华人算是少数，只占百分之一点五。造成伦敦种族多样性的原因，一是伦敦提供了许多像餐馆或清洁工这类不需要专业技能的工作机会，让移民容易求生；二是英国人（特别是伦敦人）"事不关己，高高挂起"的冷漠心态，不经意间促成了一种对外国移民较为宽容的社会环境。平心而论，伦敦过去虽然曾有几次排外的种族歧视浪潮，但这种情况在今天已经有明显好转，甚至算是欧洲所有的城市中排外倾向和种族歧视最轻的，这在一定程度上为伦敦的发展注入了活力。

我固然讨厌美国餐厅为了挣小费而过度热情的虚伪文化，但是对于伦敦毫不留情的冷漠，也难以释怀，因此就算居住了很久以后，也还是没有家的感觉。

移民者的西敏市

我在伦敦的家在西敏市（City of Westminster）。在行政区划上，西敏市底下的次级行政区还分成二十个选区（Wards）。但是，选区的设立基本上只有在市议会代表选举进行时才有意义。除了少数的市政府与政党工作人员之外，就连当地居民也很少知道，究竟这些选区的范围是如何划分的。

根据维基百科，西敏市是英格兰的一个拥有城市地位的伦敦自治市（London Borough）。西敏市是英国的行政中心，英国国会的西敏宫（Palace of Westminster）就位于西敏市。西敏市位于伦敦市（City of London）的西边、泰晤士河北岸，是伦敦下属三十三个单一管理区里面，两个被称为"市"的管理区之一。一九六五年进行行政区重划时，将原先的圣玛利勒本都会自治市（Metropolitan Borough of St. Marylebone）与帕丁顿都会自治市（Metropolitan Borough of Paddington）并入，因此今日的西敏市在地理上比传统范围又大了不少。

西敏（Westminster）这个名字来源自西敏寺（Westminster Abbey），意思就是西敏寺的周围地区，而 Westminster 原本是 West（西边）与 Minster（大教堂）两个单词合成的。过去所谓的伦敦原本只有今日伦敦市（City of London，又常称为"西提区"）的狭小范

城市有时候让人隐形,最后只剩下几个不带感情的字母,除非我们能够透视

围，因此西敏市原是伦敦市西边郊外的另一个市镇，中间隔着一片原野，但在历经长年的发展之后伦敦市与西敏市早已连成一片，仅能靠两市边界上矗立的许多作为界碑用途的"龙"的雕像，看出界线所在。

伦敦著名的剧院区西区（West End）大部分都在西敏市境内。除此之外，整个联合王国的中枢系统，包括行政中枢的西敏宫与最高民事诉讼单位——皇家法庭（Royal Courts of Justice）都在该市范围内。伦敦唐人街也在西敏市，相邻的则是迪斯科舞厅、俱乐部林立的娱乐区莱斯特广场（Leicester Square）。

根据二〇〇一年时所进行的人口普查，我居住的西敏市境内有十八万人口。然而，由西敏市议会所赞助的多项研究却显示，该市的实际人口可能超过人口普查的结果许多，这产生了争议。在经过一番协商后，负责英国各项官方统计的国家统计局（Office for National Statistics）同意将西敏市的人口数增加，最终修正为将近二十万人，但也有统计资料认为西敏市其实有超过二十二万的人口。

根据西敏市当局所提供的信息，在该市境内有超过30％的人口属于非英裔的黑人或其他少数族群。相对于整个伦敦地区，西敏市有偏高的华裔与孟加拉裔人口比例，但相比之下非洲-加勒比裔的黑人仍然是数量最多的少数族群。由于西敏市位于整个伦敦都会区的正中心，因此外来族群的移民比例一直是整个伦敦地区中最高的。

冷漠的另一种说法

住在伦敦的时候，我时常责怪每个人都那么冷漠，为何不能像"贪婪"的纽约这样，起码用对物质跟名利的渴望，将大家凝聚在一起。但是后来在纽约工作久了，开始讨厌纽约的肤浅，又开始怀念起伦敦。伦敦之所以没有融合，是因为从一开始，伦敦就知道不同的人没什么好融合的。

搬离伦敦以后，回头仔细检视自己当时的失落感，发现或许有些是自己观念的问题。中国人喜欢讲融合，从小每个人都通过教育被灌输这样的观念，认为融合不了就是一种失败，就像爱与被爱，我们希望接受别人，也被别人接受。但是伦敦或许看得透彻一些，人本来就各自不同，根本不需要多此一举，像寿司拼盘那样通通摆在一个盘子上。

"不同的人有什么好融合的？"伦敦人会对融合的论点嗤之以鼻。

比如同一个办公室里，如果伊斯兰教徒每天都要按时做礼拜五次，定时离开办公室去做礼拜这件事，就没什么好拿出来讨论或规定的，也不能拿来当作新闻稿，宣扬公司尊重多元文化，甚至理所当然在办公室角落辟个礼拜室，没什么好说的。

每年为期一个月的斋月，伊斯兰教徒白天的时候不进食，这也没什么好讨论的。同事一起吃饭，喝酒的同事自动坐一头，不喝酒的伊斯兰教徒就坐另外一头，中间隔着吃素的。吃素但喝酒的，坐得离吃肉喝酒的近一点；又吃素又不喝酒的，就离伊斯兰教徒近一点。在英国，伊斯兰教徒有的喝酒，印度教徒有的吃肉，其他伊斯兰教徒或印度教徒也没人想到要说上两句，"反正就是这样"（It is what it is.）是办公室里同事相处的口头禅。不像在有的地方，吃斋的老想在饭桌上"感化"肉食动物，也不知道在忙些什么。

在伦敦，文化差异不用融合，甚至不用理解，只要能开放，彼此尊重、包容，也就够了。外人看来觉得冷漠，但比起纽约像民族大熔炉那样把所有人美国化，或像巴黎的族群隔阂到产生阶级差异和一触即发的暴动，伦敦这个每个外国人都好好当自己的外国人的地方，也有可敬之处。

因为对这种冷漠表象背后蕴含的尊重精神后知后觉，我在看伦敦卖珍珠奶茶这则沸沸扬扬的新闻时，也只能冷漠地说：

"卖珍珠奶茶是怎样？还出动 SNG 采访车报道咧！"

因为我知道，偶尔喝珍珠奶茶的伦敦人，偶尔也会去 805 餐馆（805 Restaurant）的非洲尼日利亚料理店吃点辣的烤鱼，周末半夜两三点从夜店出来饿了，也吃点科威特的烤肉夹饼，什么东西都会有伦敦人吃，但是没有一样东西是全伦敦人都吃的。伦敦人吃我们的东西，不是因为我们的文化输出成功，而是因为多样性的伦敦人，本来就像一把杂货铺子里各色的糖果，就算看到不喜欢的东西，伦敦人也有"什么都试一次看看"的习惯，若要说成功，那应该是伦敦的多元文化成功。我真想不通人家吃点粉圆，我们弄得全岛欢腾，到底有什么好高兴的？顶多也只能说是本地媒体穷极无聊下的自 high。

多元的另一种说法

话说回来，如果因为多元、宽容、尊重这些特质，就要让我对伦敦有家的温暖感受，可能我还是无法做到。

伦敦是一个开放的城市，这是个不争的事实。一直以来对舶来的有形事物或无形的观念想法，都是不假思索便接受，放进这个大糖果罐中。

表面上俨然是国际大城市，但在伦敦所见的国际事务，和伦敦本身却未必有任何紧密的关联。比如伦敦一些最有名的建筑物，全

倚窗凝视盼望着主人回家的英国猎犬。每个狗主人都知道，每次回家，都是生活中最庄严美好的仪式

是蜚声国际的建筑师设计的，但却是无根的建筑物。因为将伦敦人昵称为"刺黄瓜"（Gherkin）的建筑搬到世界任何一个大城市都不会显得格格不入。号称伦敦眼（London Eyes）的摩天轮，跟巴黎埃菲尔铁塔齐名，可是跟世界上其他地方的摩天轮一样，平心而论不过就是个摩天轮。也就是说这些蜚声国际的建筑物或地标，和伦敦并没有什么不可分割的关系。虽然"刺黄瓜"只能在伦敦才可以见到，但这些建筑物和伦敦的关系，与星巴克、麦当劳这些国际品牌，或是贝克汉姆、Lady Gaga（女神嘎嘎）这样的全球流行文化标记和伦敦的关系没有两样，人们不是为了伦敦的缘故，才参加 Lady Gaga 的演唱会，或特别到伦敦去星巴克消费。星巴克在伦敦得以迅速发展，靠的不只是咖啡的美味浓郁，而是因为在伦敦这个寸土寸金的地方，人们去星巴克消费的同时隐含象征意义，包括了星巴克的空间设计、星巴克顾客的生活风格，与其感官经验间的互动关系，共同促成了这样的"空间消费"习惯。就像原本就习惯去星巴克消费的人，到了东京、曼谷也会去星巴克。所以到伦敦也去星巴克，并不是因为伦敦。

全球化的消费模式，或许存在各种本土演绎。就像英国人在餐厅吃薯条时习惯蘸醋，不蘸番茄酱。但这些本土演绎，却又可被归

CH04- 伦敦．离开后才开始想念的疏离城市 099

大部分的现代城市建筑，去除了文字的元素后，并没有非出现在这里不可的理由，也因为这样，所以难以落地生根

纳为若干放之四海皆准的消费理念，所以伦敦人在麦当劳点了一份薯条，也会毫不犹豫地改变习惯，跟美国消费者一样蘸番茄酱。

伦敦虽然表面上开放，但本地人对外来事物不求甚解，对别人珍视的价值觉得不痛不痒。如果每拿到一颗新的糖果时，只是耸耸肩，就扔进已经有三百种不同糖果的罐子里，这并不会让伦敦就此自动变成一个多元的社会。伦敦作为一个国际大城市，要更努力寻找属于伦敦本土特性的美好事物。如果有朝一日，我要再以伦敦为家，这样的渴望也就分外迫切。

玻璃天花板

虽说伦敦种族多元，外国人的比例高，但如果在伦敦的金融区上下班，看得到的是黑人、印度及巴基斯坦裔为主的南亚人，黄种人却是少之又少；办公室里担任专业职务的，除了少数基层的会是有色人种之外几乎都是白人，非白人的工作大多是以清洁打扫和大楼保安为主，相对于纽约曼哈顿的华尔街，可以看到许多少数族裔的高薪金融业人士，所占的比例甚至高出其在纽约人种的比例，两

在伦敦生活，每个人都是一个在狭小空间里展示着自己独特基因的活标本

者有着很明显的区别。因为在美国，大多数需要高技术或硕士博士以上学历的工作，主力通常来自优秀的外国移民，但是伦敦的移民，却大多做专业性不强的低薪工作，所以这么看来，伦敦似乎又潜藏着一种没有说出来的种族限制。而且不只是第一代移民，如果跟伦敦土生土长的第二代、第三代亚洲移民聊天，他们也都会表示明显感受到融入的瓶颈。有人形容这个职业发展上的限制就像企业里常描述的"玻璃天花板"（glass ceiling），看得穿却上不去。

不需要融合可以是好事，但如果是不可能融合，那就是问题了。

当然，极右派小报《每日邮报》（Daily Mail）这类的媒体，则会反映另一种声音。他们也常谴责来自印度、巴基斯坦的少数族群，无论来了英国多少代都不融入主流社会，也不跟其他族裔通婚，甚至造成社会治安的问题。当然，不通婚并不必然代表跟主流社会脱节，但是究竟通婚跟主流化是否真的互为因果，我抱着保留的态度。

玻璃天花板的现象，也不见得就是种族歧视，我们作为少数族裔的一分子，很容易就看到种族差异的这一面，但真实的原因，更可能是文化的隔阂。

毕竟一群移民，进入一个新的文化环境或生活空间，并不像换穿一件不同民族风格的衣服那样简单。人在自己熟悉的环境中因为有熟悉感（familiarity），人在说自己母语的时候会有流畅感（fluency），所以两者加起来，必然会提供一个让生活能够比较舒坦的环境，这道楚河汉界不一定是种族形成的。

在伦敦，每天都会看到非洲裔第二代的英国人跟英国白种人的相处，总是非常融洽，职业上也没有这层透明天花板，但同属白种人的东欧移民第一代，却明显对英国白种人充满了抗拒与敌意，甚至觉得英国白种人比亚洲族裔更难以亲近，就是明显的反例。

即使英国白种人之间，这种隔阂感在职场上其实也一直存在。来自东部的伦敦人跟南部的伦敦人彼此的对抗排斥，恐怕比不同肤色、种族的伦敦人之间更加强烈。同样来自曼彻斯特的伦敦居民，就算一个是孟加拉国的伊斯兰教徒计算机工程师，另一个是无神论的白人庞克手机店店员，他们很可能会比起跟他们同样种族、宗教的伦敦本地人，更有亲切感，也更有在伦敦成为好朋友的条件。

因为除了种族之外，对英国人来说非常重要的，还有性别、社会阶级、出生地，甚至是毕业的学校等等条件，这块透明的天花板，存在于每一个伦敦居民身上，只是我们特别习惯用种族的明显差异来理解这种不平等，所以专注于自己的问题，而看不见别人面临的困境。

英国职场中的发展，或许真有一块透明的天花板顶在头上，看得到却上不去。只是这块玻璃天花板，可能比我想象的还要高，而且或许比我想象中的薄。大部分人如你我，透明天花板可能都不会是我们这辈子需要面临的真正问题。

如果这样，为什么我还是不喜欢伦敦？或许像伦敦大学学院的都市规划专家巴帝（M. Batty）说的：

"在大一点的城市中，你得跑着才能保持在原地。"偏偏，我是喜欢在城市中悠然散步的人。

CH05

曼谷的家，NGO 工作者免费的家

在世界很多地方，
很多人一旦体会到自己并没有改变世界的能力，
就放弃了原本的梦想。
但从来没想过要改变世界的泰国人，
却相信自己拥有祝福别人的能力，
难怪无论贫富，他们多半快乐。

安娜咖啡

"我喜欢曼谷，或许跟讨厌假花有很大的关系。"

产生这个想法的同时，我正跟几个朋友坐在一家叫作安娜（Anna's）的餐厅庆生。这是个我很喜欢的餐厅，显然许多曼谷人也跟我有同样的想法。当家人或朋友过生日的时候，我们总喜欢来这里庆祝，所有的服务生会带着一块插着一支小蜡烛的千层香蕉巧克力派，前来唱《生日快乐歌》，仿佛这是个不可或缺的仪式。

泰国泼水节期间，人人互相在对方身上揉下蘸了石灰水的白手印，象征如僧侣般有带给别人祝福的能力

曼谷是我的家，一座我很可能会选择在这里终老的城市。

我之所以特别喜欢这座坐落在小巷子里的白色房子，并不只是因为美丽的法式落地玻璃窗，也不是因为这里的花枝炒咸蛋非常美味，最重要的是，每一桌都有一朵雅致的花朵，没有疲态，也没有造作，刚刚好。

每天午餐结束之后，服务生会根据晚上的预订状况，将桌椅重新安排。不只如此，还会在每两桌之间，重新摆放一整排与人同高的盆景，作为视线的区隔。

每天这样搬来搬去，一定很麻烦吧！

但再想想，这就是曼谷美好的地方，一点点设计上的巧思，补足了西方奢华却僵硬放置的缺点，一朵秾纤合度的鲜花、一株修剪得宜的柑橘，让原本并不特别富裕的城市，也不显得寒酸。

安娜餐厅并不是一直都在这里的。安娜餐厅原本坐落在一个有加尔默罗会（Carmelite）修道院的巷子中，也是间美丽的白色老房子。从有记忆以来，就在那里了。我也在那里参加过无数朋友的和自己的生日聚会。三年之前，Anna's 突然关了门，换成一家连锁火锅餐厅，白色的房子虽然还在，也仍然是餐厅，但我却一次也没有再进去过，因为这已经不是安娜餐厅了。

就这样过了三年，忽然有一天，金融街后面安静的巷子里，出现了另一座白色的房子，挂上了安娜餐厅的旧招牌。我半信半疑地走进去，几乎不敢相信自己的眼睛，因为在门口笑容可掬迎接我的就是当年的餐厅老板。打开菜单，所有我记得的招牌菜一道都没少，就连餐厅的服务生，也几乎都是我记得的原班人马。这三年来，他们都去了哪里？老板为什么当年决定卖掉原本的地方？为什么三年后又在城市的另外一个角落，重新打造了另一个？安娜餐厅停业这三年，大家靠什么生活？我没有问老板这些问题，但当时觉得自己仿佛是条流浪多时的忠犬，终于找回了家。虽然这家人已经搬得远远的，可是这才是家，家的条件是人而不是房子。

这样说来，我身上狗的性格，多于猫的性格。

祝福的能力

曼谷有一年一度泼水节。刚好来曼谷过节的美国朋友问我:"为什么水里面要加石灰呢?"

从来没有想过这个问题的我,很认真地想了想,发现答案其实很简单:在泰国,很多人迁居或是开店,甚至买新车的时候,都会请和尚来念经、洒净、祈福一番,除了念经之外,和尚们还会在门板上或车内顶端画符,最后还自己用蘸了石灰水的手掌,留下掌印,才算完成祈福的程序,所以泼水节之所以美好,就是每个人都相信自己有给予别人祝福的能力。

在世界很多地方,很多人在认识到自己并没有改变世界的能力以后,就放弃了自己的梦想。比较起来,不需要改变世界的泰国人,却相信自己能够带给别人祝福,难怪无论贫富,他们多半快乐。

我在曼谷也很快乐,因为我终于能提供一个家给需要的人。

十年前，我在曼谷住处的隔壁，用微薄的存款，添购了一间小公寓，唯一的目的就是希望跟我同样是在 NGO 工作的人，来来去去可以有一个临时落脚的地方。从此以后，无论是在缅甸工作返乡探亲必须进进出出的西方人，还是趁着暑假到东南亚旅行圆梦的加拿大特教老师，都能够在曼谷有一个临时的家。不需要花住宿费，女性也不用担心安全问题，自由自在出入，要住多久也都没有关系。

来过我曼谷家的客人都知道，开门的钥匙随时都在信箱中，只要伸手就可以拿到，时间久了，自然而然建立起一套简单的规矩：

来之前写信跟我联系，确定没有撞期；来的时候自己拿钥匙，要住多久都没有关系；临走时把毛巾、床单、枕套等换下来，有空的话就到楼下的投币式洗衣机洗干净换好，没空的话也没关系，就把用过的寝具放在墙角，换上干净的一套后再离开；浴室里的卫生纸或卫浴用品，用完就买来补充，用不完的也大可留下来给下一个客人使用；有钱的话可以留下一点补贴水电费和电话费，没钱也没关系，就帮忙打扫维持整洁；留的钱如果付了水电费还有剩余，我就代为捐给缅甸当地的民间草根慈善团体；看完的书可以留下来，喜欢的书也欢迎带走；走的时候再把钥匙放回信箱。

一开始很多朋友觉得我这么做实在太疯狂了，但是几年下来，除了一对旅行中的加拿大年轻音乐家不知道怎么的，在半夜打破浴室的落地镜外（根据他们的正式说辞，镜子是他们睡觉睡到一半自己粉碎的，但是根据他们平常的行为，我对这个说法持高度怀疑），没有过任何损失，而且接替音乐家来住的美国大学教授，立刻就从不知道哪里买来一面长着毛茸茸白色天使翅膀的镜子，竖立在原本落地镜的位置，让每个来的客人都忍不住哈哈大笑。

有位朋友康尼（Connie），带妈妈到我曼谷的家旅行之后，正正经经地写了一篇叫作《视旅如归：带妈妈去旅行的新境界》的博客文章，意思是一趟曼谷行，让"带妈妈去旅行"这个她成年后给自己的功课，进入到一个新境界。

她说，回顾过往陆续经历过的几个阶段，先是把妈妈带到国外的亲戚家，让亲戚招待，她只负责把人带去又带回；接着是跟团旅行，把成败责任全盘推给旅行社；后来通过"机票加酒店"的半自

泰国曼谷,路边来自不同省份的小吃摊,除了喂饱这个城市,每一个小贩的独特菜式也都代表着一种乡愁

助旅行,她承担起部分的行程规划;第四阶段是全程自助旅行,去程的时候,让家人将妈妈送至机场,由妈妈自行乘飞机前来目的地与她相会;到了第五阶段,则是由她带妈妈出国,回国时让妈妈独自返回,并自行从机场回到家,这个目标也已经顺利达成了。最近,她们还尝试"交换妈妈去旅行"的第六阶段,同时带着别人的妈妈去不同的地方,只能说这些人为了妈妈,真的很拼。

康尼所谓第五阶段的新境界,是跟妈妈在曼谷过着居家般的寻常生活。她是这么写的:

……要过寻常生活,首先就不能够住旅馆,连民宿也不行唷!(摇食指)

最理想的状况就是有房子可借住,而且主人最好不在家,要不然就是能有独立的客房。幸运的是,还真有这样的一个朋友,真有这样独立的空间可使用。屋里头该有的生活用品都具备,就是没有煮饭的设施。朋友的说法是:周边的生活设施实在太方便了,物价又便宜,不会有煮饭的动机的!

之前来借住的时候,曾觉得若能到市场偶尔买点东西回来煮煮会更有趣。但这回带妈妈来，还真是太庆幸只能烧开水。因为妈妈果然准备了好几包芝麻、杏仁、麦片之类的来冲泡当早餐。如果真的厨房用具齐全，我看她肯定非开伙不可。

只住几天，我原不打算拖地，但是行动派的妈妈进门不久，就找出抹布把地擦了一轮，还规定要打赤脚！（若是住旅馆，应该不会这么积极吧）

妈妈平常每天早上会到阳明山运动，我已盘算好，要趁日头正中之前，带她到附近的公园走走，交代她务必穿运动鞋。之前我已发现，这个公园是本地华人老先生、老太太的大本营，但因为走马看花，没瞧出什么名堂。这次拜妈妈之赐，对老人的运动与社交文化，有了近距离的窥视。最不可思议的发现，竟是此地华人在公园里头划分地盘，还斥资添购电视、音响等各式设施，锁在特制的铁柜里头，此种行为，竟然跟家乡的老人圈几乎是一模一样的。完全语言不通的妈妈，甚至可以凭着观察，一一道出每一群老人的细微差异，让我惊讶得说不出话来。

就在我快要忘记身在异国的时候，突然广播中传来一阵声音，公园里所有人都像"一二三，木头人"般瞬间冻结，连慢跑中的老外都就地肃立。我赶紧回到现实，跟妈妈说现在播放的是泰国国歌，没进过学校的妈妈不明白为何唱国歌就不能走动，立定时还不忘东张西望。

  节俭成性的妈妈，在曼谷最大的手笔，就是一天坐好几趟出租车也不眨眼，即使我多给小费，她也深表认同。一方面固然是因为曼谷的出租车费实在太便宜；另一方面身为一个出租车司机妻子的她，同情与同理心油然而生，觉得让出租车多赚也无妨。再者，也因她终于承认自己年老体弱，不想再为省钱折腾自己的双腿。

  传统市场里头，一人份二十五泰铢的猪脚饭，深得妈妈的欣赏；离住处巷口不远，一碗三十泰铢附带整根鸡腿肉的粉条，也让她意犹未尽。

  整趟行程最像观光的，就是带她乘BTS（高架的快速轨道交通系统）到码头，一人花十三泰铢坐交通船去游览卧佛寺，我们乖乖买票，跟着游览人群，绕佛像一圈，还帮她换了一碗小镍币，往一百零八个钵里一一投掷。因为妈妈非常认真诚恳地做完每一个动作，反倒没有观光的意味了。

我在曼谷很快乐,因为我终于能提供一个家给需要的人

去吉姆·汤普森故居博物馆参观，则是就近让妈妈看看传统的泰式建筑，跟着英语导游巡礼一圈之后，我们在里面的JT咖啡馆（JT CAFé）享用泰式春卷，以及泰式奶茶口味冰淇淋，继续回味着这个藏身于都会的老建筑群的氛围。

　　最经典的一个桥段，就是我们去四面佛朝拜，外头的摊贩狮子大开口，要以天价强迫我们购买供佛的祭品，妈妈立刻以勇猛的"绝不吃亏"的气魄，退还所有祭品，头也不回地朝四面佛走去，还一面对我晓以大义，绝不可因为懦弱而屈从。（唉！我说妈妈呀！要不是因为你，我到泰国都这么些趟了，从来也不曾拜过四面佛，自然也难有上当的机会啊！）

　　这回到泰国，不知怎么的，妈妈似乎少了过往出国的谨慎恐惧，不时会看到她在家乡日常生活会出现的行为，仿佛原本她便熟悉这里似的。是泰国这个环境使然吗？还是她也渐渐从很有限的出国经验里头，慢慢摸索出自处之道了呢？或者，住在朋友居家味十足的客房里，让她感到自在安心呢？

　　有一次出门，我特意带她走另一条没有店铺、会经过我喜欢的一块荒地的僻径时，她立刻自然地表示，这条路比较好，她喜欢走这里。

在那一刻，我竟有一丝感动。感动于我们这对一辈子意见相左的母女，总算有心意一致的时候，却是在曼谷！然而我并没有告诉她，这正是我在曼谷街区深爱的一条路。

朋友的客房没有电视机，关上电灯，拉开整块的窗帘，居高临下的我们，可以躺着观看曼谷市区远处的灯火通明。不吹空调冷风，打开窗户的时候，耳边还听得见附近市井的各种声响。

在泰国这个随处都有佛像的国度，妈妈一见神像，立刻合十虔敬，我眼里看着这样的一个历经风霜、处处争强好胜的女人，在那个瞬间，显得那样的谦卑与诚挚，竟生出怜惜之心。

随着妈妈的年岁渐长，我知道再没有别人可以规划与陪伴她要走的最后那趟旅程。她对世事仍有那样多的执着与牵挂，只是受限于日益的年老体衰，只觉她还有好些关卡要一一度过。

妈妈打算下一趟邀她的两个妹妹一起同游泰国。

我很开心，自己能够成为康尼笔下的那个朋友，因为我总觉得自己比许多人幸运，如果有能力，可以跟我所尊重的人分享我的家，这个家就多了更多家人。

常客

我曼谷的家，另外的常客是一对在缅甸的非政府组织工作的夫妇：大卫和克莉丝汀，他们来自澳洲，我们在工作上往来密切，让我有机会看到他们为了在缅甸乡村地区从事社区发展工作，下足了扎实功夫。在对外封闭的缅甸，每个当地的父母都想让孩子学外语，几乎没有让外国人学习缅甸语的环境。像我这样想办法自学，很容易遇到瓶颈，基础不扎实所以也难以精进，顶多只能应付生活所需。但大卫为了融入农村社区真的很努力，找到了仰光大学硕果仅存的老教授，并且毫无怨言地按照几乎不合理的老旧教学方法，努力学习语言，还住在当地人的社区里，每天无时无刻不穿着当地男性的沙龙，吃着当地穷人为了生存而吃的、每天用同一锅汤汁煮了又煮、高油高盐的咖喱，还不时感染当地人的热带疾病，前两年还差点因为登革热丧命，瘦到剩下皮包骨。对住在凡事井然有序的日本多年

因为现实当中看不到面带微笑的泰国警察,所以干脆塑成塑像放在警察局门口

的大卫来说,两地的生活可以说是天差地别。很难想象他要如何适应这样戏剧性的强烈差异。

幸好每隔几个月,大卫工作的组织让他可以有一次为期一个星期的假期,离开物质生活环境相当艰苦的缅甸,到曼谷去休养度假。他每次就趁这段时间,不再需要受到网络封锁的限制,帮自己恶补跟外界脱节的信息;享受能够跟远方家人通话的便利(在缅甸打国际长途电话每分钟往往要超过五美元);更重要的是,他可以尽量享受他最爱的奶酪。

大卫从小最爱吃熟成的老奶酪,但是要在缅甸吃到这样的东西,简直是天方夜谭,反而不如吃犀牛肉或鹦鹉肉容易。因为我进出缅甸、泰国比较频繁,所以每次遇到大卫生日或特殊场合,都会特别到曼谷一家专门贩卖进口食材的商店,去购买他们的老奶酪作为礼物。但也不能多买,因为仰光供电很不稳定,食物无法冷藏,很容易腐败,因此每次大卫都会非常珍重地收起来,只有在很特别的场合,才拿出来切一小片解馋。还不能让其他缅甸同事知道,因为对于当地人来说,大卫喜欢这么昂贵又奇特的东西,可能会为他工作中的专业形象带来麻烦。只有在曼谷的时候,他才可以尽情地吃这种在家乡既普遍又平民的寻常食品。

虽然如此,以大卫在组织里不领薪水,只接受来自澳洲基本生活补助津贴的状况来说,在曼谷住宿的花费是相当可观的。这也是为什么,我从一开始就帮助他在曼谷找到尽量便宜的小旅馆,到后来终于说服他把这笔钱省下来,可以多买一点奶酪。

大卫的妻子克莉丝汀是在缅甸工作时才和他认识的。金发碧眼的挪威人克莉丝汀,母语却是泰国话,因为她父母身为外国传教士,她从小就跟着在泰国生长,神职人员的父母没有多余的钱可以让克莉丝汀上国际学校,所以她从小就跟其他泰国孩子过着没有两样的童年生活。

长大之后,克莉丝汀搬回挪威,成为一个专业的儿科医师,但她成为医生的本意,是为了要回到她生长的东南亚,帮助贫穷无法接受医疗的孩子。所以每年只在挪威的医院工作三个月,用这三个月存下来的钱,支持剩下的九个月在缅甸的非政府组织去乡间社区做免费医疗。生活虽然不特别拮据,但大卫夫妇却也因此没有什么多余的钱可以拿来度假,或购买任何非必要的奢侈品。虽然如此,他们却是我见过最快乐的人。他们的故事让我感到自己的渺小,也激励我可以做得更多,有幸能够和他们相识,在同一个国家共事,甚至还能够提供他们在曼谷一个可以安心来去的落脚处,这让我一点都不觉得麻烦,反而觉得光荣极了。

泰国人的四个母亲

就像泼水节上的白手印,让每个人都能够带给别人祝福,曼谷的家,也给我这种祝福别人的能力,激发出我潜在的照顾别人的欲望。泰国人相信每个人生来都有四个母亲。一个当然是生养自己的亲生母亲,一个是大地(mother of land),一个是无所不在的水(mother of water),还有一个则是白米(mother of rice),这四个母亲孕育了我们的生命,以及世间所有的生命。我相当认同这种说法。

不同的文化中,很多都有将土地或是水(海洋、河流)比喻为母亲的说法,但是把白米作为泰国人的母亲,我倒是第一次听说。这或许也说明了为什么我在泰国，对于"米之神基金会"（Khao Kwan Foundation）一见如故。甚至当我借用"米之神"的农夫学校模式，在缅甸乡间的农场工作多年以后，才有机会正式跟创办人得查（Daycha Siripatra）先生见面，却一点也没有见到陌生人的感觉，仿佛只是去见一个从来没见过面的老朋友。

基金会位于曼谷西北方一百二十公里处的素攀武里府（Suphanburi），就在得查先生老家的田地中央。基金会的会议室墙角有一张矮桌，供奉着一个穿着粉红色洋装的稻草人，想必就是米之神，旁边还有对水之神、土之神的贡品，加上得查母亲的遗照。他说话的时候，四个母亲都陪伴在他的身边，与他说话时温柔坚定的语气，非常相配。

得查说，自己出生在华裔的地主家庭，到他这一代除了向佃农收租外，根本不用工作，饭来张口，茶来伸手。他大学主修动物学，毕业以后，当过公务员，做过生意，又出家当和尚，但是一直到一九八九年创立了米之神基金会，他才算找到了生命的意义。

在泰国传统的佛教教育下,每个孩子从小就知道食物的分配是有顺序的,第一份先献给僧侣,第二份给无法耕种的鸟兽,第三份给亲人,第四份留给自己,第五份才是将多余的粮食用于销售。作为一个地主兼粮食商人,这个顺序却全反过来了,粮食最大的意义变成用来卖的商品,留下一部分给自己跟家人吃,至于食用农作物的鸟类跟昆虫,就变成了所谓的"害鸟"和"害虫",想办法要赶尽杀绝,布施僧侣成了一种帮自己积功德的投资,到头来还是自私自利。

得查可以说是在这种悲伤的人文环境及宗教情怀下,开始找回农民自主耕种及对土地的友善关怀,还有对当地文化的守护信念。我感觉他积极想要寻回的,是生命中的第四个母亲——米之神,他特别强调他口中所说的"神",就是一般人口中的"自然"。

看着他一个人在农夫帮他建造的树屋上生活,每天不断孵化着蛋鸡,让所有需要小鸡的农民免费领取;每天免费教导着远近的农夫,如何用自制的液肥培育有机稻米、荸荠;为各种蔬菜进行育种、留种;这样繁复的工作多么让人动容。或许他觉得自己毕竟不是农夫,所以想把农民照顾好了,再让农民去帮他照顾土地、水、米这三个母亲。

骑着小折叠车在暹罗生活

为稻米育种的时候，农夫们用一把糙米选种，利用肉眼加上放大镜，从一千颗中挑出五十颗，再挑出十颗，仔细地挑出米身长、无断裂的完整糙米，改良种植稻米的质量。但究竟该选什么样的稻米留下来当下一季的种子才是最好的？应该选又瘦又长的？还是又圆又胖的？得查先生说，只要自己下定决心选出来的每一粒米种特征都能一致，就是好的种子，因为就像人也有高矮胖瘦一样，没有一定的标准答案，重要的是，是不是符合每个人心中独特的价值。

"符合每个人心中独特的价值"，这是多么美好的说法！

家的选择

在地球上自由"选择"一个喜欢的地方为家，不也就像育种的精神？作为一个农人最大的尊严，就在于对自己农作物的选择权。做一个人的最大尊严，也应该就在于选择一个最适合自己生存的地方为家。

如果农人对自己生产的农作物没有自己的价值判断，就只能顺

上百只被遗弃的流浪犬，自然而然就找了一块地方为家，集体生活，变成一个由土狗组成的泰国村庄。

应主流市场，什么作物品种价钱好就种什么，永远在市场价格的波动中浮沉。如果一个人对于自己的家没有价值判断，最终，生命也就只能在房地产市场的波动中被消耗殆尽，终其一生只有一栋栋的"房子"，却没有"家"。

农人用有机农业、朴门和其他方法试图修补已支离破碎的农业，就是通过认真面对自己生产方式的手段，重新扮演大地修护者的角色；人也只有在肯定自己存在的独特性，才开始创造"我"在世界上的价值，证明自己对这个世界来说，是一种必要的存在。

就像农夫学校，学习不仅仅是单纯的理念传达或是技术操作而已，必须以适当节奏，将整个身体，全面地纳入学习机制中。我们在选择一个家的时候，因为脑袋对知识理解有局限，但是通过生活，让感官和肢体留下了深刻的感受。

好管闲事

有一个同是住在曼谷的日本朋友说，泰国真是个不可以用任何

CH05- 曼谷的家，NGO 工作者免费的家 129

在华欣饭店，另一个临时的家

常理判断的地方，泰国的产品也完全就像当地的人，什么时候会怎么坏掉，完全无法估计。比如说喝到一半的茶杯会突然裂成两半、音响突然冒出火花，要不然就是电风扇突然像中邪那样在地板上"暴走"起来，自行车的把手骑到一半突然断掉。但最好笑的，是有一次我这朋友办公室的热水瓶开关坏掉了，按了也不出水，他心里想着隔天要去买一个新的来换，结果隔天早上上班的时候，竟然看到旧热水瓶还在，只是旁边多放了一个椰子壳做的勺子。办公室的泰国大妈若无其事地对他晓以大义说：

"这样也能用啊！"

这么一说，我觉得泰国人的确是无论发生什么天大的事，都可以若无其事的。比如说在城铁上会看到明明穿着全套西装，却若无其事一直挖鼻孔的中年上班族。

明明跟着全家老弱妇孺走在路上，却若无其事死缠着要我去看乒乓秀的夜店门房。

宁可空着车绕来绕去,也不愿跳表收费的出租车司机。

发疯了般跟别的巴士飙车的巴士司机,为此过站不停也若无其事的乘客。

放下喝了半杯的威士忌,若无其事地骑车载我去目的地的"摩的"骑士。

暴走中的行人,一听到国歌就像被催眠那样突然立正站好,开始跟着唱。

城铁站里若无其事地卖女性胸罩跟内衣的小贩。

男厕里若无其事地拿着刷子,用力清洗着正在小便中的男士面前的小便斗的大叔。

办公室里若无其事跑来跑去的孩子。

盖了一半停工十年的房子，突然若无其事地恢复动工，并且开始卖起"预售屋"。

水疗房里的情境音乐，竟然若无其事出现重金属摇滚乐。

带着串在竹签上的整只烤鲶鱼搭飞机，边看窗外边吐刺的妙龄少女。

没收骨瘦如柴游民手上吸食中的强力胶，拿一串肉丸子逼他吃下去的路边摊贩。每次只要我稍微胖了一点，就连巷口的路边摊贩，都会毫不留情地提醒我，甚至用手掐我腰边多出来的肥肉，然后哈哈大笑。这样想来，我真正喜欢曼谷，以曼谷为家的原因，并非因为这是个没有假花的城市，而是因为每个人都婆婆妈妈，好管闲事。

在曼谷，每个人都有四个母亲，也都可以是别人的母亲，当然，意大利人可能觉得他们只要有一个母亲就已经足够了，又加上个圣母玛利亚，就已经忙不完了。但是以曼谷为家，无论男女老少，远近亲疏，每个人都可以是别人的母亲，在四个母亲的眷顾下，人们永远不会孤单。

CH06

水手的家,看尽人间百态

每在海上航行,就会意识到自己作为地球的过客,
人生的悲欢离合、生离死别,其实都没有那么重要。
海上的家提醒我,世界很大、自己很微渺,
所以分分秒秒都要真诚面对自己的生命,
做自己喜欢的那个人。

船上的环保官耳提面命地说,一个没有清洗的可乐罐里剩余的甜液,足够喂养五百只果蝇三个星期。他的重点是要大家保持厨房清洁,但是我却因此觉悟自己在汪洋大海上,正像果蝇般微小。

航海,原本只是一辈子一次的梦想。没想到第一次航海的十年后,船上的生活,俨然成了我生命中不可忽略的一部分。每当我在海上航行的时候,就会更深切地体会到作为地球的过客,我们其实没有自己以为的那么重要。人生的悲欢离合、生离死别,也都是生命理所当然的环节。人在世界上,顶多就像靠着喝剩的可乐罐里的一滴甜液,朝生暮死的果蝇。我在海上的家,提醒我分分秒秒都要

真诚地面对自己的生命,做自己喜欢的那个人。

航海是我最喜欢的生活方式,每年我都会给自己十个星期的时间航海。

海的子民

常常跟朋友讨论一个问题,但最后总是没有什么结果而不了了之——我不明白的是,很多家乡人对于海洋,反而充满了恐惧。多年来,我一直没有得到什么好答案,直到有一回,与某电视谈话节目主持人在后台聊天,等候录像的时候,他跟我说了一个很有道理的推断:

"……因为最初的先民,从内陆渡海而来,对于海洋是很陌生的。一旦活着到了这里,除非万不得已,就再也不愿意跟海靠近。于是成了表面上是岛民,骨子里毕竟还是从来没见过大海的人。"

但是从小在家乡的海岛上长大的我，却不是这样的，对于外面的世界充满好奇，迫不及待想要快快长大，独立自主，去看这个广大的世界。

于是，我从中学时代开始，就背着二十公斤重的背包，到任何我有能力去的地方旅行，无论旅途中发生任何的好事、坏事，从来没有一场旅行，曾让我后悔过。

直到有一晚，我为了省钱，买了二等舱的便宜船票，搭上从釜山出发的渡轮，要到海峡对岸的日本下关港。当渡轮闸门打开的时候，我面对着偌大的船舱，却不晓得要往哪里去。在我还东南西北搞不清楚状况时，一群横冲直撞的釜山大婶已经在偌大的船舱底部（比操场还要大的通铺），各自选了舒适的角落，用铺盖跟枕头画出了楚河汉界，并且拿出热水壶跟海苔寿司愉快地吃起来。慢手慢脚的我，最后只好在众人厌恶的眼光中，在船舱中央勉强挤出可容纳一个人的小空间，很不舒适地蜷缩了一夜，整晚无法合眼。那天晚上，在几百个人呼声大作之间，我瞪着甲板的铁栏杆，发现原本以为自己很会旅行，其实只会搭飞机来来去去，对巨大的船，竟如此陌生而充满恐惧。

那段从韩国到日本的航行，让我觉得自己很没用。后来我在日本，特地搭了"交响乐"（Symphony）号旅行了一段时间；搬到埃及的时候，也多次搭着非洲式的法鲁卡小船，沿着尼罗河上下旅行，每趟要一个星期的时间，吃喝拉撒睡都在窄小的木船上，让自己适应水上人家的生活。

航行，似乎变成了我给自己的一个重要功课，提醒着自己，既然是大海的子民，就要有水手的样子，否则无论想到世界的任何角落，总是买张机票，不知不觉就到了目的地，飞机着陆以后，若无其事地到行李转盘领取背包，打开旅游指南书，搭上下一班巴士或火车，才算旅程的开始？但我完全感受不到，从离开家直到抵达目的地，这中间到底有多远？在这二者之间，住着什么样的人？说着什么样的语言？隔离我们的是陆地还是海洋？气候是严寒还是温暖？久而久之，失去了对距离的敬畏之心，忘记世界有多大，海洋有多险恶，长距离的移动对于仅仅两代之前的人类，又是件多么艰难的生死大事。

于是，我的内心逐渐有着越来越响亮的声音，告诉我应该学习航行。

自由搏击,英格兰对抗希腊

克服对海的恐惧

每当面临恐惧的时候,我就会想起一则老水手和小男孩的故事。有个小男孩遇到个老水手,他们两个都是孤儿,于是聊起天来。小男孩说:"大海这么险恶,你怎么敢到海上去呢?""大海也有很美丽的时候。"老水手说。"你爷爷死在哪儿?"小男孩问。"我爷爷死在海上。"老水手回答。"那你父亲死在哪儿?""我父亲也死在海上。"小男孩不解地说:"那你怎么还敢到海上去?"老水手没有立刻回答,反问小男孩:

"你爷爷在哪儿死的?"

"我爷爷是在床上死的。"

"你父亲在哪儿死的?"

"我父亲也是在床上死的。"

我工作的船驶入加勒比海东部

水手问:"那你怎么还敢到床上去呢?"

"……"小男孩被问得哑口无言。

这个小故事时时提醒我,通常一个人被发生的事情所伤害的程度,往往不如他对于这件事情的看法的影响来得严重。当我们无法控制未可知的现实,不如改变对现实的态度,而恐惧就是一种态度。

多少人因为对于恐惧的想象,迈不出生命的步伐,但是我相信只要改变态度,就等于改变了现实。改变了对恐惧的态度,我终于可以开始面对现实的问题——如何在我想要的时候,以海为家。

航海的梦想,在年少的我体内不断孕育,但是除了几次在日本跟埃及短短的旅程之外,并没有太多机会。毕竟在我这一代,航海的人只有两种,一种是不得不靠海吃饭的专业海员、在渔船捕鱼的渔夫、海军水手,或是在油轮、货轮、商船上工作,样样都是从事一辈子的专业;另外一种则是像电影《泰坦尼克号》里,挑夫扛着十几只路易·威登皮箱尾随在后,搭五星级邮轮环游世界的有钱人。

这两种人都不是想做就可以做到的。

于是，我决定给自己一个三十岁的生日礼物，那就是在二十九岁之前努力存钱，然后在二十九岁的生日，从工作多年的美国科技公司辞职，花一整年的时间去航海。回来之后，再心满意足地踏上非政府组织工作者的新人生旅途。

我很清楚这一年我想航行到什么地方，只是不晓得要怎么样才能实现。

我的偶像科策布

之前在工作上接触过一个咨询案例，地点是在南太平洋的马绍尔群岛。就像大部分的太平洋岛屿，其历史都是通过口述流传的。我在那里第一次听到当地的老年人讲述他们的父母告诉他们的故事：十九世纪，有一个俄国航海家科策布（Otto von Kotzebue），如何航行到马绍尔群岛来，又发生了什么样的乌龙事件。我听得如痴如醉，完成工作后回到美国，第一件事就是到哈佛大学的图书馆古籍图书部门，抱着一线微渺的希望，寻找当年那本早就绝版的航海日志。几个星期后，图书馆通知我，他们从仓库里调出一本，但是已经脱线缺页。所以给我的时候，不是一整本书，而是一个牛皮纸袋，里面塞满了零零落落的泛黄纸张，但是对我来说，却简直像中了乐透头奖那般兴奋。

科策布在航海史上，只是个默默无闻的探险队长，接受政府的命令，达成发现新物种的科学使命。作为一个不怎么优秀的科学家，他的任务可以说一无所获，因为他没有发现什么新的动物或植物种类，而且频频失误。但在这份航海日志里面，他却记录了丰富的第一手人文材料，在不同的地方与当地人互动的各种精彩故事。对从小到大从来没有考过第一名，情况复杂的我来说，科策布简直就是漫画中的笑料英雄，就算事业无成，但却有着无比精彩的生命。如果必须要在"功成名就"和"精彩人生"之间做选择，科策布无疑就是我想要成为的典范。而我的航海梦想，就是跟随着这本残破不堪、勉强出版却没有人想看的航海日志，重新走一遍他当年的航海路线，向科策布这位"半吊子"的航海英雄致敬。

一八〇三年七月,科策布有幸跟着两艘太平洋探险船一起航行,这是俄国有史以来的首次探险航行活动。因为科策布的父亲是当地的议员,又是作家,所以科策布跟他的哥哥靠关系随船当起"希望号"(Nadeshda)的水手。当时船上有自然学家兰多夫(Langsdorff)博士,还有访日使节雷萨诺夫(M. Resanov)先生,带着沙皇捎给日本天皇的信和礼物驶向长崎,中间还在太平洋中央的夏威夷跟奴库希瓦(Nukuhiva)岛(今属法属波利尼西亚)停靠。

经过一年多的航行,"希望号"终于在一八〇四年十月在长崎下锚,孰料俄国的使节不受日本信任,因此长崎地方官不让"希望号"靠岸,并派了信使去京都通报天皇。这一折腾就花了两个多月,他们好不容易上岸,这时已经是一八〇五年三月底了。最后,日本决定拒收沙皇的信件和礼物,毫不给俄国使节团面子。理由是如果收下的话,按礼节就得回派使节带着礼物到圣彼得堡去拜访沙皇,这将违反当时日本人一律不准离境的法律。

离开长崎后,"希望号"往北方的北海道和库页岛驶去,对当地的阿伊努族(Ainu)原住民生活进行观察记录后,六月让船医在库

意大利的港口,静止的时光

页岛上岸，让他们可以早点回到俄国的"文明世界"。"希望号"才又掉头继续往南航行，十一月到了澳门。最后，"希望号"在一八〇六年八月十九日回到科朗施塔特（Kronstadt）港，完成三年又十二天的航行。

这三年的航行，让年轻的科策布大开眼界，立下志向还要再出海。努力九年之后，他从水兵升到了校官（Lieutenant），终于说服了金主，也是当时的俄国首相——相当支持科学探索的诺曼佐夫（Romanzoff）公爵，科策布终于如愿成为俄国第二次下太平洋的探险船"鲁理克号"（Rurick）的船长。但是这次探险的目的是科学发现，因此船上载满了科学仪器，还有自然学者恰米索（Chamisso）、画家邱李斯（Choris）、外科医生艾修慈（Eschscholtz）同行，在一八一五年七月底起航，接下来也就是科策布的航海日志写就的航程。

虽然这艘船的排水量只有一百八十吨，载有二十个成员，比当时使节船（排水量四百五十吨）要寒酸很多，但是科策布却毫不在乎。他已经想好了：自然学者可以帮他发现新物种，画家可以素描他发现的新世界，外科医生不用动手术，只要把捕捉来的珍禽异兽做成标本……出发五个月后，一八一六年一月下旬绕过南美洲最南端的合恩角（Cape Horn）进入太平洋海域，他沿着漫长的智利海岸航行，三月底成功地登上了十年前登陆失败的复活节岛（Easter Island）。接着开始横渡太平洋，沿途经过许多岛屿，还用船名、金主公爵的名字等，命名了一些新发现的岛屿。

五月一日到了汤加，第一次看到当地原住民划着独木舟前来迎接，也是西方人第一次发现密克罗尼西亚的马绍尔群岛（也就是我第一次听到科策布名字的地方，吸引我开始航海）。"鲁理克号"满载着南太平洋的故事，到太平洋西岸的库页岛稍事补给后，就继续回到太平洋，白令海峡北部也因此有了以他名字命名的科策布角（Kotzebue Sound）。接着他探索北美洲的沿岸，往南到了加州，然后又西进到夏威夷群岛，这时已经是一八一六年十一月底，离家已一年半了。

科策布拜访了夏威夷的国王，邱李斯画下了国王的白袍、蓝色裤裙、短红袍，还有彩色的领巾，科策布也再三跟夏威夷国王保证，他们是科学探险家，俄国绝对没有要在夏威夷殖民的意图。

甲板上一杯冰块逐渐融化的冰茶,这种冰茶每天我都会喝上十几杯

科策布在夏威夷停留了两三个星期后，再度回到马绍尔群岛拜访老朋友，又继续上路前往美国西北海岸，在极北的阿留申群岛（Aleutian Islands）待了好几个月后，才又往南回到夏威夷。科策布把邱李斯完成的夏威夷国王画像送给欧胡岛的管理者，第三度到马绍尔群岛，又去了关岛、马尼拉，最后驶过好望角回到欧洲。一八一八年八月三日，最后一次下锚在金主诺曼佐夫公爵在英国南部普利茅斯港的城堡，完成了这趟三年又五天的航行——没有什么科学上的建树，但仍是充满了人文惊奇的美好旅程。

不像维京航空的老板理察·布兰森（Richard Brandson）那样的有钱人，想航海时就可以买一艘自己的船，雇用一批高水平的水手，气派万千地出航；或是由关系特别好的名人能够说服各界，打造一艘"太平公主号"，完成仿效郑和下西洋的大梦……我能够做的，就是安安静静在荷兰取得水手证，在船上一面工作一面航行，用搭便船、打零工的方式，从一艘船换到另外一艘船，一段一段将科策布的航程拼凑起来。

我拿着航海日志，从英国的普利茅斯港出发，穿过大西洋，到加勒比海诸岛国；南下到巴西里约热内卢参加嘉年华；沿着阿根廷属地的巴塔哥尼亚高原边缘，登上被世界遗忘的福克兰群岛（又称马尔维纳斯群岛）；驶过滔天巨浪，绕过大西洋和太平洋在南极边缘交会的合恩角；造访每一个科策布曾经停留的智利港口；从加州北上到阿拉斯加；往南转到过去只是搭乘飞机前往过的夏威夷；曾经工作过的马绍尔群岛，还有十多个南太平洋岛国，西行到库页岛，沿着海岸线南下到长崎，从日本航行到中国香港地区后，特地搭渡船到中国澳门地区，又从东南亚驶入印度洋，经过阿拉伯半岛、非洲东部，最后回到科策布波罗的海的故乡，环绕世界一周。两百年前科策布用时三年的航程，我给自己一年的时间完成。中间在船上工作，或搭朋友的便船。有小型的帆船和游艇，也有大型的货轮和油轮，换了十多艘大小不同的船，我终于完成了一个航海者，默默向另一个航海英雄的致敬。

完成一年的航海梦想之后，我也像科策布一样，没有因为梦想实现而心满意足地停下来。从那一年开始，连续十年，我每年都给自己十个星期的航海假期，回到海上。其他的时候，我在陆地上努力而堪称称职地做着非政府组织的社区发展工作。到头来，科策布就像所有现代人，一直在现实和梦想中折返。这个作家之子，选择现实的军旅生活，一圆航海的梦想。不像同时代的航海家，以军事征服或榨取商业利益为前提，科策布航海纯粹是出于对世界的好奇。在这个过程当中，与南太平洋的马绍尔人民，还有夏威夷的统治者发展出真挚的友谊。只要一有机会，他就一再回到这两个岛国。相信科策布在马绍尔和夏威夷找到了心灵的第二故乡。从当地口述历史流传科策布的轶事，就不难体会到，将近两百年之后，这个不知道从哪里冒出来的搞笑白人船长的故事，还是不断被传颂着。

船上的人生故事

出海之前，我想象中的水手，不是渔夫、海军军人，要不然就是海运公司的职员，但是自从我选择在海上一面工作、一面生活以后，才发现船上还有各式各样的角色：医生、洗肾护士、IT 网络专家、木工、厨师、侍应生、酒吧调酒师、旅店管理者、店员、人事专家、会计出纳、工程师、水电工、旅行社代表、乐手、舞者，甚至裁缝、花匠、理发美容师、品酒师、艺术品拍卖商、健身教练、讲师、编辑、牧师、神父，几乎只要想得出来的工作，无论层级高低、专业程度难易，在船上都有特定的需求，从而可以让各式各样的专业人才，一面从事专业的工作，一面航海。

会选择这种方式生活的，也多半有和一般人不同的故事，我也因此结交各式各样不可思议的朋友，分享他们人生的精彩故事，有的邪恶，有的温馨，有的悲伤，有的好笑。很多各方面都很棒的人，身上却带着令人难以置信的伤痕：有童年时被神父性侵，却被父母送去电疗的；有因为离婚付不起赡养费财产被充公，努力赚钱还债的；也有放弃在布宜诺斯艾利斯的律师生活，出来寻找自我的。在这些朋友和故事的滋养当中，我慢慢地发现自己在海上找到了一个家。

就像科策布一样，逃避陆地上一成不变的生活，开放自己从而被世界改变，是一件需要很大勇气的事。这些在海上结识的朋友，跨越种族文化种种在陆地上可能存在的歧视，用最大的包容在这里自成一个海上的部落。

来自南非的计算机程序设计师宜沃，为了改变一成不变的"宅男"生活，来到船上工作。不久之后，就爱上了菲律宾籍的女医师艾咪。虽然两个人的成长背景完全不同，但是他们决定离开船上的生活，到陆地上共组家庭。我们看到很多在封闭的船上很恩爱的情侣，到了陆地上生活，面对环境的改变，却因为适应困难或诱惑太多，而无法长久维持。宜沃与艾咪两个都是聪明人，他们知道，无论是哪一方屈就搬到对方的国家去，都将委屈一方，让原本应该平等的婚姻关系，失去平衡，所以他们做了一个勇敢的决定——两人搬到第三国的英格兰去开始新生活。

艾咪在菲律宾的医生资格，虽然在公海上受到承认，但是在英国并不被承认。当时已经怀孕的艾咪，就挺着大肚子，到英国的医学院去补修学分，还有临床实习，准备医师的资格考试；宜沃则去登记当临时工，能屈能伸，被派到各个公司去做各种低于他计算机工程师能力的杂事。即使孩子出生，忙着在医院实习的艾咪，也完全没有时间照顾，连月子都没坐就回到工作岗位；宜沃每天在办公室有时当接线生，有时修计算机，下了班就俭省持家，照顾刚出生的孩子，当"家庭主夫"，跟着大叔在要关门的菜市场抢便宜的剩菜，或是在超市打烊的前一小时，去抢购买一送一的熟食，毫无怨

在克罗地亚靠岸,看到另一个微笑的警察公仔。就像在泰国一样,这是个在现实生活中看不到友善警察的地方

言。艾咪终于拿到了英国的医师执照,成为可以在欧洲任何地方正式执业的医生。原本许多人不看好这段婚姻,觉得来自穷困菲律宾的艾咪,一定只是为了取得英国护照而跟宜沃结婚(英国承认血统制度,所以在南非出生长大的宜沃,只要能够拿出证明,几代之内的祖先是从英国移居来的,就可以取得英国国籍),一旦拿到身份之后,肯定就会把穷小子宜沃给甩了。

多年过去,宜沃和艾咪共组的甜蜜家庭,是所有昔日同事羡慕的典范,再也没有人说这样基础不稳固的爱,一定没有好结果。

我还有位好朋友尼克,在船上辛勤工作,为的是要支付前妻每个月的赡养费。一切都在逐渐好转中,他几个月后就可以有足够的积蓄,下船跟相爱多年的同居女友结婚。就在这时,尼克有一天醒来,突然晴天霹雳地收到女友的分手电子邮件,说是没有办法忍受这种两地相思的远距离恋爱,所以还是各奔东西吧。发电子邮件分手已经很失礼了,她还把尼克的私人用品,打包寄回他父母家,自己搬了家、换了手机号码,突然就"人间蒸发"了。这么多事全都发生在同一天,平日沉默寡言、不善表达感情的尼克忽然受到这样的重创，让我们都很担心，怕他一时想不开，会不会干出什么伤害自己的傻事。因为我们一群男人都不怎么会安慰人，船上正好有个尼克的同乡露西，于是我们就拜托她基于同乡跟女性的立场，去开导尼克一下。

那天晚上，有人看到露西拿着一瓶红酒跟两个高脚杯，消失在尼克的舱房。从第二天开始，这两个人就忽然出双入对了。谁都没想到故事竟然会这样发展。后来我们辗转晓得，离婚的单亲妈妈露西其实一直对尼克很有好感，但是因为尼克在家乡有女友，所以从来没有表现出来，这下子一拍即合。两个人都在船上工作，能够朝夕相处，而且各自有一段不顺利的婚姻，更懂得珍惜彼此。这段美好的恋情简直再完美不过，看到他们如此快乐，也让我们寄予无限的祝福。

可是船上的故事，往往不是像童话中王子公主从此过着幸福快乐的生活那么简单。露西（还有我们所有的人）并不晓得，尼克过去有酗酒的问题，他上船工作的原因，除了努力存赡养费，也是为了离开酒精的诱惑。可是自从露西带着一瓶红酒走进他房间的那晚开始，尼克又开始贪杯，几个月下来，简直就像变了一个人。终于有一次尼克酒醉后跟船上的保安人员起了冲突，酒精测试结果超过规定，因此就被革职了，留下露西一个人在船上。

被送回家的尼克，除了酗酒也开始出现抑郁的症状。露西虽然外表坚强，说为了替女儿存学费，不会因儿女情长而乱了阵脚，但是我们身边的人都看得出来，露西越来越憔悴，精神状态也有些恍惚。每次大家一起吃饭的时候，都觉得她的身体虽然跟我们坐在一起，但是精神上却是自己一个人在很遥远的地方。我们都很不忍心，也不断写信跟上司求情，但是坚持凡事必须按照程序的人事部说，除非尼克完成戒酒中心的课程，缴验证明书，否则不予考虑重新雇用。但是尼克突然失业，在经济压力跟两地相思的状况下，是否能够有足够的勇气走出来，我们这些朋友除了衷心盼望之外，也没有别的方法。

在豪华邮轮上工作的时候，作为旁观者看着来自世界各地的乘客，更在短短的时间内看尽人间百态：有度蜜月却貌合神离的新婚夫妇；也有结婚五六十年却还是恩爱的夫妇，老太太推着老先生的轮椅，两人在舞池相拥起舞的感人场面；甚至有不少把邮轮当成豪华养老院的子女，一年到头三百六十五天付钱让老人家孤独地绕着世界旅行，从来没有亲自陪伴过一天，却认为这就是尽孝，直到老人家在船上咽下最后一口气，遗体临时放在储存食物的冰柜里，可以说生命中最后的一段路，身边永远只有礼貌的陌生人。

几年前，船在冰岛航行，有个在船上刚举行完婚礼的新婚妻子，清晨的时候，慌忙到船长室说一起来度蜜月的丈夫失踪了，一夜不见人，很可能已坠海。这下子可不得了，大家集体出动，开始搜遍船上的每一个角落，同时紧急掉头，开始搜寻；冰岛政府也紧急出动两架直升机，用强力探照灯照亮漆黑的海面。两个小时之后，在一个陌生女客人的房间，找到醉得迷迷糊糊的新婚丈夫，完全不知道整艘船已经为了他而人仰马翻。

船长当时非常生气，天一亮就在冰岛一个很荒凉的港口紧急靠岸，把这对新婚夫妇驱逐下船，不只这样，还要求他们支付搜寻的三万美金费用。不可思议的是，新娘竟然央求船长，问她是不是可以留下来继续旅行，但是已经气坏了的船长，认为新娘坚持丈夫坠

我们在南欧地中海靠捕鱼维生的小岛靠岸,在这里,每个人都是水手,每个人在海上都有一个家

海要求立刻掉头搜寻,也免除不了责任,于是就把他们两个连同行李留在寸草不生的冰岛荒凉的小港口,让他们自己想办法回家。

这些或多舛或甜美,甚至有些荒谬的故事,总让我更珍惜眼前的每一个点滴的幸福。

学习接受

在船上生活,每个人都是命运共同体的一员,只要有一个人没有全心全意做好自己分内的工作,就可能会带给船上所有人生命危险,所以人与人之间的信任是非常重要的前提。不但要像家人一样朝夕相处,同时还要像靠着可乐罐里残余甜液支撑生命的果蝇,生死与共,所以一旦当这信任的链条断裂,打击有时比死亡更大。

我永远无法忘记,当我进行追随科策布计划到一半的时候,有一天清早五点半,当我工作的船预计停靠圣地亚哥港时,大批警察突然登船,将所有人集合,并且在大家完全不知道发生什么事的状况下,没收所有人的笔记本电脑,同时逮捕了我们的一位同事杰夫。

杰夫在我们船上已工作了四个月，是个彻头彻尾的好人，开朗而风趣，谁都喜欢他。杰夫很喜欢孩子，所以常常志愿当义工保姆，每次船靠岸在特立尼达岛的时候，他都会特别组织义工，安排当地孤儿院的小朋友上船来参观，还因为这样，上过好几次当地报纸，我们也都曾响应参加。结果杰夫被起诉的罪名，竟然是对未成年孩童性侵，他的护照是假的，护照上的名字也是假的！

这件事情，让我们受到很大的冲击。其中最难释怀的，大概就是跟他朝夕相处的室友小武。四个月来，两个人就像兄弟一样，让他如何接受这么大的谎言呢？小武从此对人性变得很悲观。

十年之后，杰夫（或假名为杰夫的那个人）出狱了，他找到小武，跟他解释事情的真相。实际上，有人在酒吧里面主动跟杰夫搭讪，谎报年纪，两人发生关系后，对方勒索未成，于是去报警控告杰夫强暴。

这么说，好像也有可能。我很愿意相信杰夫的善良真诚，志愿照顾小孩，或是在孤儿院当义工都是真的，但最可怕的是，我可能

在船上工作时的我。大部分时间，我宁可离开狭窄的房间，到阳台上看宽广无边的大海，提醒自己：世界比我想象中更大，而自己比想象中更小

这辈子都无法知道事情的真相。什么是真的，什么是假的，什么是对的，什么是错的，界线似乎变得很模糊。

小武选择相信杰夫，我在脸书上看到他们两个是朋友，显然杰夫上脸书时也会看到我是他们共同的好友，但是杰夫从来没有试图联络我，或将我加入好友。一直到现在，我都还不知道该怎么想这件事情，只能和其他我不能完全理解的事情，一起抛在脑后。但愿未来有一天，我能够明白。但是我也知道，这个世界上会有很多我永远无法理解的事，相比追根究底，有时候学习接受或许更加重要。

毕竟，无论是科策布也好，我也好，驾船环游世界就算成功，也并不代表征服世界。因为到头来，我们都只是像生活在可乐空瓶里的果蝇，靠着一点点的食物跟很多的幸运，见识这个广大而无法一眼看穿答案的世界。但是这些人，无论是船上的，还是船下的，都一再教我许多人生的重要功课，只要我不停止，我就永远有新的人生作业需要完成。

CH07

波士顿，踏沙行、学休息、做自己

就算沙滩旁的老房子终有一天会被底下流过的涌泉推倒，就算窗户玻璃常常离奇破碎，但我还是深感幸福。
因为，这是一个可以让我学休息、做自己的地方，
这是一个真正的家。

十五年后，巴比终于走出这间充满回忆的房子。

当初我买下这座海边的老房子的时候，巴比已经住在里面了。

"不用担心，他是个很好的房客，当时我们签了一年的租约，之后就让他一个月一个月付房租，直到他找到房子为止，"屋主凯莉笑着说，"没想到不知不觉，就过了好几年。"

在美国，这种没有合约的房客，就是所谓的"Tenant at will"。从来没有当过房东的我，对这种没有契约的租赁，觉得不可思议。不过当凯莉接着说，反正整栋房子上下里外，连一把门锁都没有的时

候,我也就不知道还能说什么了。

就这样,我搬进了一个房客比屋主还要了解这间屋子的家,就这样,巴比又住了十年。

"我想,我受够铲雪的日子了。"巴比在一场几十年来最大的风雪后,这么跟我说。一开始,我觉得有些难过,好像自己做错了什么,让住在这间屋子十多年,已经像家人般的房客选择离开,但是当我仔细看看眼前的这个男人,巴比已经不是当时正值盛年,因热衷高尔夫球而宁可不结婚生子的单身汉,而是个两鬓斑白、小腹微凸的六十多岁老头了。我点点头,拍拍巴比的背。

"没关系的,我了解。"

小小岛司光屯

这栋一百多年的老房子,位于波士顿市区南方一个小小的岛上,这个岛叫作司光屯(Squantum)。司光屯是当年住在这个岛上的印第安部落退潮时在海边收获丰富贝类的地方。即使在今天，每天早上还是会看到渔夫们从沙滩上挖出野生的贻贝（亦称青口或海虹），一箱又一箱装满卡车，运送到波士顿市区的海鲜餐厅。我的窗口，有一架高倍望远镜。晴天的时候，让我可以看到海湾中突出水面的石头上，翻着肚皮躺着晒太阳的海狗。这些石头底下，聚集着唾手可得的龙虾。我之所以这么确定，是因为每次当我划独木舟经过的时候，都会看到就在距离手掌不到 30 厘米的石块底下，有许多野生的龙虾。

除了龙虾之外，还有硕大的海鲈鱼。每到夏天晚上，就会有人拿着手电筒和钓竿，走到我屋前 200 米那个如今已经废弃的老灯塔旁，彻夜垂钓。这些鲈鱼很容易上钩，但是因为太大了，肉质并不细嫩，除了越南人之外，大多数的钓客钓上了以后又会把鱼放回海里去，毕竟在这里，钓鱼就是为了"纯粹钓鱼"罢了，吃鱼还是会上市场买。

从灯塔的方向直直望去，海湾的对面，就是波士顿市区。晴天的时候，市区每一栋叫得出名字的建筑都历历在目，就连旧约翰·汉考克（John Hancock）金融公司大楼上面的气象塔，都可以看得清清楚楚。这栋大楼曾经是全波士顿第二高的建筑物，只比当时第一高的海关大楼低了不到1米，虽然现在早就已经被其他高楼大厦超过，也早就改名叫作柏克莱大楼，而且随时打开二十四小时的气象频道，或是登录www.weather.com就可以知道最新的气象动态，但我就像大多数老波士顿人那样，还是习惯从远方抬头看旧约翰·汉考克大楼上面的信号灯，嘴里念念有词背诵着当地人的口诀：

Steady blue, clear view. Flashing blue, clouds due.

（蓝灯，晴。闪蓝灯，则多云。）

Steady red, rain ahead. Flashing red, snow instead.

（红灯，雨来。闪红灯，则雪来。）

当然，也有例外的时候。只要是当地人都知道，若在棒球赛季的晚上，突然闪起红灯，当然不可能是夏天突然要下雪，而是表示波士顿红袜队在芬威（Fenway）球场当天的棒球比赛，因为天气原

每到初夏的时候,有两个星期的时间,司光屯岛上的森林就开满了原生的野百合

因必须取消。

这是所有波士顿人都知道的常识。

曾几何时,我也变成了波士顿人。

一开始,只是为了到哈佛大学念书,离开埃及,搬到波士顿,心里想着,只是要来上学,很快就要离开,所以住在市中心交通方便的地方。因为我从小就喜欢海,加上我当时刚离开埃及,很怀念那个从我的浴室就可以看到尼罗河粼粼波光的老公寓,所以就选了一个可以看到海的楼房居住。

我还记得,那两栋四十层高的楼房,叫作港湾大厦(Harbor Tower),我住在前栋,离海只有几步之隔,旁边就是我当时实习工作的新英格兰水族馆(New England Aquarium)。这区当时还在做都市更新,所有高速道路都要拆除改成地下的,没完没了的工程,让这一带入夜以后就成了毫无人烟的废墟,但是对我来说,既方便又安静。而且从十七楼我的窗户往外望,完全看不到地面,感觉就像兀立在海中央。我最喜欢雷雨的夜晚，把所有的灯都熄了，只点一根小小的蜡烛，看着壮丽的闪电，敲打在汹涌的海面上，照亮港口停泊的帆船，成了我最大的娱乐。同时幻想着，什么时候才能够如愿，完成航海环游世界的梦想。

这栋楼房跟我同年，但是当我住进去的时候，它已经显出老态，很难想象这是贝聿铭建筑师事务所早期的作品。毕竟当时兴建的时候，是为了当作便宜的居民住宅。没想到市区发展得很快，原本不受欢迎的海港仓储区，变成了炙手可热的豪宅区。我每个月的租金也高达令人咋舌的三千美金。所以当我发现自己比想象中更喜欢波士顿，离开学校找到一份喜欢的工作，面试官跟我说的第一句话就是：

"如果你想在我们这里工作，第一件事就是要搬出你现在住的楼房，因为我们的薪水付不起你住港湾大厦。"

就这样一咬牙，我离开了钟爱的十七楼楼房，搬到蓝领阶层爱尔兰人聚集的昆西市（Quincy），跟朋友合租连排公寓

（condominium），但是心里还是惦记着海。

直到十一年前，我买下海边这幢百年老房子。

每天趁着退潮的时候，我带着心爱的拉布拉多犬 Inu，去附近的司光屯岛尽头。退潮的时候沙洲裸露出来，船只暂时搁浅无法通行，但可以徒步从司光屯岛，一路散步走到沙洲尽头的汤普森岛（Thomson Island）。如果我记得没错的话，汤普森是个来自苏格兰的生意人，一六二六年在这个小岛上设了一个交易站，跟当地的印第安人做生意，所以大家就管这小岛叫作汤普森岛。后来有两百多年的时间，这块地都是租给几个农家种水果，十九世纪的时候，很自然地就变成了当地农校。现在这个小岛已经属于一个非营利教育组织，每年只有在暑假的时候，举办夏令营让波士顿市区贫民家庭平常没有机会接触自然的孩子免费参加，其他时候只有两三百年前留下来的野生苹果树和梨树，自生自灭，一个人都没有。我绕岛一圈，大约一个小时左右，趁着潮水还没有再度淹没沙洲前，赶快回到司光屯岛，否则就得等下一次退潮才能回家了。

从我家客厅窗户看到的波士顿湾

"天道"般的生活

Inu 最好的朋友，是巴比养的杂交品种黑色拉布拉多，名叫 Junior，是巴比从流浪动物之家认养的。它们住在同一个没有门锁的屋檐下，一起生活，一起睡觉，一起吃饭，一起在海滩寻宝，过着连它们的主人也深感羡慕的"海狗"生活。

看着这两只无忧无虑的狗，我都会忍不住想起有一年在巴黎，平易近人的索甲仁波切，曾经亲手送给我一本他的作品《西藏生死书》(*The Tibetan Book of Living and Dying*)，从来就没有什么宗教天分的我，却记得在这本书的第八章中谈"自然中阴"，仁波切解释佛教提到有六种存在界（称为六道）：天、阿修罗、人、畜生、饿鬼、地狱。每一道都是六种主要烦恼的结果：骄傲、嫉妒、欲望、愚痴、贪婪、嗔恨。

书里面说，天道的主要特色是"没有痛苦，那是永不改变的美，以及极尽享受之能事的世界。想象天神的模样：高大、金发的冲浪人，悠闲地斜躺在风和日丽的沙滩上或花园里，听着自己喜爱的音乐,沉醉在刺激物品里,热衷于静坐、瑜伽及雕琢身体等改善自己的工夫,只是从来不用脑筋,从来不曾碰到任何复杂或痛苦的情境,从来不曾意识到自己的真性,已经麻醉到不曾察觉自己到底真正是什么样子。"这样看来,这两条拉布拉多犬在我家的日常生活,肯定不是"畜生道",而是"天道"吧!

比较起来,在这海滩小屋里居住的人类,过得也不比天道的畜生差太多,除了严冬的暴风雪期间外,我们都住在让我们带着微笑醒来的地方,迫不及待开始一天,做我们喜欢的工作。巴比拥有好几个资源回收站,虽然在外人眼中,这是个肮脏卑微的生意,不像律师那样威风,也不像银行家那样富裕,但是我很敬佩巴比通过回收站,提供那么多工作机会,给缺乏教育或职业技能的穷人、不会说英文的新移民、艾滋病毒携带者,甚至非法移民,而且无论种族肤色,视他们如家人一般,能够有这样的房客,让我觉得非常自豪。

比较起来,在各种各样的大都市,每天商场上的尔虞我诈、金钱游戏的阴谋、权力争夺的竞争,根据仁波切的书,这就像是"阿修罗界"。

至于"饿鬼道"呢？我光是住在曼谷的家就能第一手体会到那种痛苦，有些人像泰国前总理他信（Thaksin Shinawatra），尽管富可敌国，但从来不曾满足过，渴望吞并一家又一家公司，永不休止地在法庭上表现他们的贪欲。根据仁波切的说法，这些人就是"饿鬼道"。打开任何电视频道，你立刻就进入阿修罗和饿鬼的世界。这或许可以解释，为什么我的家里，只有大面的玻璃窗面对四季分明的碧海蓝天，明明安装了有线电缆，但是却没有电视机。

我向来知道自己没什么慧根，所以难免天真地认为天道的生活质量似乎比人道还要好。

但是每次当乘飞机盘旋在波士顿湾上空，准备降落在罗根机场的时候，我都贪婪地从上空看着下方星星点点的小岛，且迅速就能找出我居住的司光屯岛，看到我家门口那个废弃不用的老灯塔，如果高度够低的话，甚至可以看到白色的老木屋及我架在后院的蓝色弹跳床，不禁感觉到回家的抚慰；无论在外面受到什么挫折，都可以在这极端安静的海边小屋中，得到疗愈与平复，什么"用悲伤来唤醒生命价值，冲破轮回禁锢的价值"，都不如给我在家中跟一黄一黑两条狗，过几天如天道的平静生活来得迷人。

同一本书里曾经使用一个传统的例子来做说明：有六种生命在河岸边见面。对人来说，他把河流看成水，是可以洗涤和止渴的；对鱼来说，河流是它的家；天神把它看成是带来喜悦的琼浆玉液；阿修罗把它看成是泪水；饿鬼把它看成是脓血；地狱道的众生把它看成是熔化的岩浆。同样是水，但认知的方式却不同，甚至相反。对于我，区隔我和繁忙波士顿的水，这个充满各种生命的海湾，就是提醒我生命可以退一步海阔天空，外面的世界有很多值得努力消除的灾难，也有很多值得赚取的财富，但是我只要回到司光屯岛老灯塔后面的海滩之家，不用拥有世界，就可以过着如天道般天真烂漫的生活，这不正是许多人汲汲营营一辈子，说退休后想换得的写意生活吗？这个体悟虽然肤浅，但是这个家像是踏实的船锚，在我风雨飘摇的时候、为金钱忧虑的时候、受到浮名引诱的时候，在海的深处抓住我的不安，让我不至于随波逐流。

波士顿的家，这是我说给自己听的，一个关于水手学习休息的故事。虽然在许多朋友眼中，住在这屋檐下的我们，就是不长进的

每一种痛苦、悲伤、损失和无止境的挫折，都有它真实而戏剧性的目的：唤醒我们，促使（近乎强迫）我们冲破轮回，从而释放被禁锢的光芒

年轻人，我们不敢奢望像两条拉布拉多犬那样，过着如"天界"般的生活，但是起码学习以退为进的人生，踏沙行，学休息。

小邻居布莱恩

同样以波士顿海边为家，却不是每个人都像我一样把这里看成可以休息的地方。

小小的司光屯岛上，基本上只有一家商店，而且隔成两半，一半是便利店，另一半是卖咖啡甜甜圈的"Duncan Donuts"。一般人早上出门上班以前，经过时停下来买杯咖啡，沿路边开车边喝；或是下班快到家才发现忘了买答应老婆要买的牛奶；或忽然发现卫生纸用完了，才急急忙忙采购一下日用品，顺便买张乐透彩票……所以不到晚上七点就打烊了。基本上司光屯岛是没有夜间商业活动，也没有任何夜生活的。每天完美的夕阳在天际线演出完毕之后，就是星光满天，岛上变成动物天堂之时。鱼群追逐的泼水声、豺狼对着月亮的嗥叫声、浣熊翻动垃圾箱觅食的声音、彻夜不眠的黑鹂鸟站在枝头上练嗓子，除此之外，几乎是全然安静的，更别说上馆子吃饭了。或许这是为什么，我的泰式料理厨艺精进：因为嘴馋，不自己动手就没得吃。

如果偶尔想吃点中国菜，却又懒得开车进城的话，附近昆西市有一家很简陋的外卖中餐馆，英文名字还不大难听，叫 China Jade，但是中文名字不知道为什么，竟然叫作"喜来宝"。老板是一对不眠不休拼命工作、永远带着无尽倦容、在黯淡的日光灯下工作的福州夫妇，这么多年来，无论是暴风雪的夜晚，还是酷暑的中午，从来没有一天拉下卷闸门。因为太冷或太热，没有人愿意出门的时候，就是外卖生意最好的时候。

可怜的是老板夫妇的一对低龄儿子，在美国出生，名字却是班杰明和布莱恩的菜市场名，每天从早上开店到晚上半夜打烊，接触的世界就是这间小小的外卖中餐馆。窗户望出去唯一的景色，就是小小的停车场，说他们是在这家餐厅里长大的孩子也不为过。除了彼此之外，没有玩伴，没有像其他美国孩子般丰富的户外活动。老大班杰明很明显有学习方面的障碍，注意力无法集中，但有惊人的记忆力，只要跟他说过的话，或是他感兴趣的东西，就有过目不忘的本事，可是这并不能阻止他必须每个学期面临被迫转学，或是一再留级重读的命运。

老二布莱恩，从小就显得聪明伶俐，才智过人，但是除了坐在餐馆里看着窗外，或是用老电视看着便宜的 DVD 二三流的电影，并没有外界的刺激，或许因为急于观看外面的世界，布莱恩很小就戴上了厚厚的眼镜，稍微长大一点以后，进了小学，求知若渴的焦虑才稍微缓和一些。可惜美国的小学，上课时间非常短，我相信如果可以选择的话，布莱恩可能会愿意一天上十二小时的学，也不愿意坐在这间斑驳的"牢笼"里。

不要误会，老板夫妇是非常非常爱这两个孩子的。或许，希望这两个孩子能够有比他们在福州更好的生活，这也是他们之所以移民美国的主要原因。可是老板夫妇忙于生计，加上文化隔阂，并不能提供这两个孩子他们所需要的美国生活，不知不觉，这个放着便宜日光灯、折叠桌椅，摆设凌乱的小店，就成了这家人美国梦的全部。

过年的时候，我会包个红包给两个孩子，他们很吃惊，我更加吃惊，因为布莱恩告诉我，这是他们唯一得到过的红包。

我听了，心头不禁一阵酸。

有一天，布莱恩开始拿着便宜的塑料直笛，"咿咿呜呜"吹个不停，弄得爸妈心烦意乱，却无可奈何。布莱恩有音乐天分，想学琴，老板夫妇因此横下心，送他去家教老师那儿上一个星期一次的钢琴课，可是家里没钢琴可练，只好去买了一个给幼儿的玩具钢琴，那是一个只有十几个键，一抠就掉下粉红色的漆、要装电池的那种便宜货，放在兼当客人饭桌跟电视架的折叠桌上，玩了几次，原本附赠的电池电量就耗尽了，爸妈舍不得买新的电池，从此布莱恩只好弹着无声的钢琴。

我忖度了好久，终于说服老板夫妇，让我送布莱恩一架电子琴。为了让他们相信这是我家里用旧的，我特地上网去找卖家，条件是性能要像新的一样，但是看起来要有用过的样子。巧合的是，最后找到的卖家竟也是个中国人，是个到波士顿在实验室做博士后研究的女生，她听了中餐馆这家人的故事后，似乎也受到一些感动，原

冬天在逃生梯上形成的冰柱，是许多当地孩子成长记忆中的零食

本她想自己留下来用的电源线，也就全套一起卖给我了。比起布莱恩那个无声的玩具，这个有六十四个键、插电就能用的电子琴，简直就像有魔法。虽然餐馆墙壁上的插座因为太过老旧松脱，插头老是掉下来，但是后来我们垫了几个饮料箱子后，勉强支撑住了。老板娘再三确认不用花钱买电池后，才露出了放心的笑容。布莱恩非常聪明，几十个设定按键，八百个伴奏和弦，说明一次以后就万无一失，回想起来，那大概是我在波士顿那么多年以来，最快乐的一天。

三年后，布莱恩已经小学五年级要升六年级了，弱视的眼罩不知不觉，也跟着矫正牙套一起变成过去式，他的个子比同年龄的孩子瘦小，但仍然聪明过人，而且生活在两个世界，一个中国移民劳工家庭，一个美国开放社会。他比过去更会察言观色。

电话响起来，老板接了以后，只用浓重的福州口音生硬说了一句：

"Wait a moment."（请稍等）

就对着饭吃到一半的布莱恩大吼：

"布莱恩，你的电话！"

正等着外带晚餐的我，有点吃惊地说：

"哇！你是大忙人！朋友打到这里来找你？"

布莱恩只是耸耸肩，接过电话，不假思索用童稚却自信的口吻说：

"Thank you for calling China Jade, how can I help you today?"（"感谢您致电喜来宝饭馆，请问您想点点儿什么？"）

于是他在绿色的账单上，先写下电话号码、详细的地址（连问都不用问街名的拼法），又飞快而准确地写下客人的点菜、特殊的要求（不要辣、多一份梅子酱跟芥末，外加一瓶可乐）、信用卡号码、信用卡到期日，跟对方道谢后，放下电话，拿起计算机，飞快地敲打一阵，写下了最后的总价，默默交给父亲后，又默默走回折叠桌上，吃那碗好像永远吃不完的杂菜贝粥，贝肉一看就知道是罐头直接打开即食的那种。

我突然说不出话来。

老板从厨房走了出来，又对着布莱恩大喊：

"你写这什么东西？春卷是三条吗？"

布莱恩不情愿却也不敢怠慢，急急忙忙走回柜台去，我也凑过去看了一眼，布莱恩娟秀的笔迹用英文写着：

"西兰花鸡肉碟饭 & 春卷。"

"不是3，是 &，美国人手写的时候都是写成 & 的。"

老板一边嘟哝，埋怨布莱恩笨手笨脚，写得不清楚，一边又回到厨房去做菜，布莱恩跟我交换了一下眼色，两个人都没说什么，直到老板完全看不到我们以后，他委屈地指着俗丽的店招牌上一个紫色的"&"，小声说：

"他们只认得这个。"

那大概是我在波士顿那么多年以来，最难过的一个晚上。

我的百年危楼

房客巴比搬走以后，我才发现对于这栋一百多年的老房子的另外一半，竟然如此陌生。

有一些痕迹是我认得的，像是四年前楼上的马桶堵塞那次，淹水流到楼下，已经干了多年的水渍还在。

房子东北角的踢脚线，原来的功能是保护墙与地面交界的墙立面的,但是现在只看得到一半,也就是说,另外消失的两三英寸,就是房子下沉的证据。之所以会下沉,跟我的房子底下有泉水流过有关系。随着多年来水位的变迁,就慢慢地搬动了这栋房子。每隔几个钟头,地下室的抽水马达也会自动启动,将涌进地下室的泉水抽到路面。

除了下沉的痕迹,北侧的墙壁跟原木地板之间,也有了将近两英寸(约五厘米)的缺口,几乎可以看到地下室的地基,这是地基下沉以后,房屋慢慢往街上滑移的结果。据当地专门修缮老房子的工人说,如果变得更严重,窗户跟门都会变形卡住,无法打开,甚至会碎裂,唯一的办法就是从屋子外面,用千斤顶把房子慢慢顶回原位。这种事情,对于在城市里住惯了钢结构公寓的我来说,简直不可思议。

这里供应暖气的系统,还是老式的燃油暖炉,而不是一般城市里的燃气,所以每一两个星期,都会有暖气公司的石油车来加油,全美国大概也只剩下东北部的新英格兰地区,还有人使用石油暖气。

客厅的窗户倒是新的。五年前一个下大雪的冬夜，当地政府雇用的铲雪车，因为年轻司机开得太猛，以至于铲起来的雪堆飞起来，把窗户瞬间打成碎片，全落在窗边沙发上睡得正熟的 Junior 身上。司机本来猛踩了油门想开溜的，结果我们追着铲雪车，硬把那年轻人拦了下来，免得到时口说无凭。窗户是要订制的特殊规格，临时没有办法，只好请工人拿木板把窗户钉起来，巴比就这样在订制窗户送来之前，过了两个月暗无天日的生活。花了一年多时间公文往返，市政府才终于赔了新窗户的费用。

这老房子的每一扇窗子，大小形状都不一样，没办法买现成的窗户来安装，只要坏了就得请玻璃窗公司量身定做，虽然麻烦，也提醒着我这间屋子长久的历史。我终究只是过客，一百年前，这里还是一个小港口，家门口的灯塔还在使用，这间房子就是上了岸以后唯一的一家商店，更仔细地说，是家糖果店，所以当地九十多岁的老人家，还记得小时候跟父母吵着要买糖吃的时候，都要到这里来买。看着将近百年前遗留下来的一张老照片，我还是会起鸡皮疙瘩。

我不知道的是，浴室里有一扇早就已经打不开的窗户，单身的巴比因为不会使用洗碗机，所以十五年来一次也没开过；巴比从来没有买过洗衣机，所以多年来每个星期都固定花三十块美金，把脏衣服送到洗衣店清洗；巴比懒得换灯泡，所以只要屋顶的灯泡灭了，他就去买台灯来代替，难怪整个屋子每个角落都是各式各样的台灯；巴比搬家的时候，我们一共在衣橱里搜出六十多支生锈的高尔夫球杆；咖啡桌是巴比的祖母留下来的古董。最近一次刷油漆，巴比的会计小姐号称技术高超，结果弄得全屋的墙壁像长了瘌痢头，巴比不想伤会计小姐的心，就这样将就住了下来，但是简直丑得吓人。

墙角地板的缝隙里，经年累月不知道卡了多少各式各样的铜板；但是就像这栋房子的另外一半一样，这一半也从里到外通通没有任何一扇上锁的门。巴比说他连车子也没上过锁，为了怕找不到钥匙，车钥匙每天拔下来就放在驾驶座旁边的零钱盒上，可这么多年来也从来没遇过小偷。这个小小的司光屯岛，好像跟时代脱节，继续以鸡犬相闻、路不拾遗的世外桃源的慵懒姿态，舒服地躺在波光粼粼的波士顿湾中央。我实在想不出离开这里的理由。

我家附近的早餐店老板正在铁板上煎着波兰香肠,这家店的名字就叫车轮(wheels)

巴比也找不到离开司光屯的理由，所以就算他已经搬走了，新家还是在两个路口外，在同样一条街上，面对着同样的海边，只是不再需要铲雪了。实际上，巴比自己有好几栋房子，但是他还是喜欢司光屯岛的海边，所以他宁可把屋子出租，然后租房子住。我似乎可以明白巴比的心情，因为我也是这样的，但是他的新房东妮娜，觉得这人简直是脑袋有问题，怎么会好好放着自己的房子不住，却去租别人的屋子呢？

妮娜是个华裔的泰国女人，嫁给美国丈夫尼尔，开了一家泰国餐厅，就用自己的名字"妮娜"当作店名，两夫妇也用挣来的钱在附近买房子投资，专门租给像巴比这样的本地房客。

我去巴比的新家拜访他，他从原本的一楼住到了二楼，有新的地板、新的油漆、新的窗户，为了要搬进所有的旧家具，还不得不把窗户先拆掉，让大型的沙发和床这些无法通过狭窄楼梯的家具，可以搬进屋子里。坐在同样那张绿色沙发上，他显得非常心满意足。

"现在，我再也不用铲雪了！"

虽然我很舍不得失去了一个好房客，但是巴比这么多年来，已经像我们家庭的一个固定成员，所以看到他开心，我也真诚地为他高兴。老实说，巴比年纪越来越大，这个新公寓，对他来说，真是再合适不过了。

至于旧家，我也开始想着该怎么重新装修，能够变成一个更像家的地方。

首先，我找了三个装修公司来估价，第一家是全美国最大的材料行家庭仓库（Home Depot）；第二家是多年来帮我修缮这间老房子的约翰，是个天津来的中国北方汉子；第三家是巴比的新房东妮娜介绍的，也是中国人，叫作大伟。

家庭仓库的安装工程是这样的，在店里请售货员约定时间，就会有专人来测量跟估价，这个服务本身是三十块美金，就算测量后决定不聘请他们施工，还是得付这一笔费用，而且窗户、地板、卫浴，还有窗帘的施工厂商都是不同的，所以必须分别一一约定时间，每个也都会分别收取三十块美金的费用。如果需要进行的工程种类

这是 Rugo ——一只叫作"如果"的狗,名字来自于它在如果儿童剧场前面被弃养

超过一种的话，其实还挺麻烦的。不过好处是使用的材料都是家庭仓库售卖的商品，既然连货带工都是支付给家庭仓库，因此也都附带售后，如果有什么问题的话，比如说一年之内窗户破了，不用问原因，立刻就派人换新的，这样的保障，如果找工匠师傅来施工的话，恐怕就没辙了。

当天过了约定的时间，却没有人前来，打了几个电话之后，说是找不到原本应该来的那个师傅，结果总公司花了两个钟头，终于调了一个原本就在附近的师傅过来，那人叫作马克。

在电话中听起来，声音很愉悦："按照我的全球定位系统卫星导航，我会在差八分一点的时候到达你那里。"

差八分一点？这么认真的人，做事想必很可靠。

果然在十二点五十二分的时候，一台橘色的卡车停在门口，穿着家庭仓库橘色围裙的马克进来，东看看西看看以后，告诉我一个坏消息：

"如果窗户比原来要大,家庭仓库也不做拆墙的工作,只能安装跟旧窗户同样尺寸的新窗户。"

这么一听,当然很失望,但是马克又接着用飞快的速度说:

"我是家庭仓库的人,按照规定不能推荐外面发包工程的装修同行,但是很多很好的装修工人,他们可以一手包办你想要的工作,但是却找不到客户,所以我可以帮你介绍我认识的高手,不过当然对方跟你联络的时候,不会提我的名字……"

这么一听,心就凉了半截,无论马克说的是真是假,总觉得他这么做是不对的,因此就快快把马克打发走了。

下一个装修工的候选人,是和我配合好多年的天津人约翰。这十年来,无论是换窗户、修纱窗、铺地板、换屋顶防水、墙面拉皮,都是他一手包办。多灾多难的窗户除了冬天被铲雪机砸破,夏天又被除草机喷起来的石块砸破;风雪门冬天被狂风吹跑了临时要安装,夏天纱门被黑拉布拉多一头冲破也要安装;楼梯间要铲墙皮刷油漆、门链断了要补，大大小小的麻烦事都交给约翰，久而久之，就算他没工作的时候也会主动来串门子，举凡水电、水管、修装、施工，只要说得出来的他什么都能做，人挺好，就是个哥儿们，也不急着要钱，总说无所谓，有钱的时候再慢慢给，能有这样的装修工人真是不错。

问题是他很忙，再小的事也很轻易就能够拖上几个月才能完工，每个工作就算完工后也都会留个尾巴，比如说修完的门总还会有一个洞；装完的防风窗户总会漏风；抽真空的双层玻璃有裂缝，以至于下雨后竟然会从里面起雾；铺好水泥的地板凹凸不平。虽然这样，我还是大力推荐给身边的朋友，结果冬天下了一场大雪，朋友的屋顶竟然塌了一角，保险公司来鉴定，说都是施工方的错，因为换墙壁的时候，偷懒没有把里面受潮的木头拿掉，就直接把新木板钉上去盖住，以致湿气无法发散，造成墙壁从里面腐烂，所以才会承载不了雪的重量。朋友虽然没有责怪我的意思，但是也劝我别再用这个工人。

约翰走进屋里来，一边东看看西看看，一边告诉我：之前说了多年，妻子梦寐以求的发廊终于快要开张了，目前也正在装修，加上手边好几个项目忙着，怎么样也都要等三个月后才能开工。我怎么想都觉得实在有点迟，又担心他万一信心满满地拆了一面墙壁，整座屋子垮下来怎么办？

最后的希望，就放在素未谋面的大伟身上了。

找了一天，我们说好了请巴比一块去妮娜的餐馆吃泰国菜，算是正式的"新旧房东交接仪式"，也顺便看看大伟的功力，因为这家餐馆里所有的施工装潢，加上妮娜夫妇俩投资的几栋出租公寓，也都是他一手包办装修的。

妮娜是个举止相当优雅、性格外向的泰国华裔女士，祖籍潮州，从小在曼谷长大，一直到母亲去世的那年为止，每年还都回曼谷去探亲，有个十六岁的儿子，个子很高，特别喜欢篮球运动；她的侄女看起来二十来岁，侄女的父亲在普吉岛开了一家超六星级的度假村，因此从曼谷特地来充当几个月的服务生，学习餐厅管理，学成了以后就可以回去接管度假村里的餐厅部门。总之，妮娜是那种聊开了就没完没了的类型，还很干脆地说如果我还想在附近买房子，可以卖一栋有四户的独栋屋给我。

我们吃芒果沙拉、印度香料的咖喱饺、海藻沙拉、炸鱿鱼、芒果炒饭、红咖喱海鲜、凤梨炒饭，虽然美国东北部能够取得的食材不道地，但是配着泰式奶茶、Chang 啤酒，好像真有点回到泰国的错觉。妮娜还骄傲地说，下次要亲手做给我们吃她母亲的私房拿手甜点——胡萝卜蛋糕。一群人酒足饭饱，就完全忘了此行的目的，回到家里以后才发现，一点都没注意到餐馆的装潢，但是很快就又自我安慰一番："既然都注意不到，那就表示没什么问题……""……嗯，有道理，一定是这样吧？"

"安住"的体悟

去妮娜的餐馆吃完饭的隔天，巴比打电话问我："今年我就要六十三岁了，如果我听你的建议，退休搬到泰国海边去长住，你觉得我会适应吗？""巴比，你会好极了。"我说。因为家，本来就不是一个房子，而是一个可以做自己的地方。在波士顿的家，我焦虑

我家门口有个一个世纪前的灯塔,如今成为钓客彻夜垂钓海鲈鱼的据点。远方就是波士顿市区

的生命,学会了安住与休息。

那天,我刚好去新英格兰音乐学院(New England Conservatory)听了一场德沃夏克 b 小调大提琴协奏曲作品 104,是德沃夏克在美国时期的作品。当初德沃夏克对大提琴颇有意见,但当他听到作曲家赫伯特所写的大提琴协奏曲时,被这浑厚的乐器给深深迷住,才开始尝试谱写大提琴曲,把个人浓郁的思乡之情,悲伤和忧郁,倾注在激昂热情的旋律上,技巧艰难,风味浑厚。我个人对于以思乡为主题的音乐,通常感觉造作,但这作品可说是少数的例外。当天交响乐团的指挥是来自英国的德裔名家班杰明·詹德(Benjamin Zander)。班杰明·詹德出生于英国,十五岁开始,先后在意大利、西班牙与德国学习大提琴,最后回到伦敦,拿了文学的学位。他演奏小提琴,也担任波士顿爱乐管弦乐团的指挥。詹德说因为这天是他的生日,校方说他可以"为所欲为",所以就"附送"了巴托尔克的管弦乐协奏曲作品 123,显然他对巴托尔克情有独钟。

他从指挥台上转身,连麦克风也没拿,像聊天般跟观众说:巴托尔克跟德沃夏克一样,晚年从东欧到美国来寻求发展,思乡的情怀却让他们无比痛苦,这个作品是他晚年(一九四三年)在美国写的管弦乐协奏曲。当时他的身体非常虚弱,自知来日无多,于是狂热地工作,希望在有生之日能完成最后的作品,也为他的妻子多挣点收入。儿子特地从海军请假回家,在病榻前帮忙誊写乐谱。

"这首作品,他只得到八十七英镑的报酬。"

观众席传来一阵惊讶的叹息。

詹德于是转过身去,指挥棒一点,开始了这充满困惑的作品。听说观众之中,还有因为巴托尔克的管弦乐协奏曲很少被公开演奏,特地从佛罗里达专程来聆听的。

我不禁莞尔,半辈子以波士顿为家,却仍细心操着中上阶层伦敦口音的詹德,是否觉得自己跟从欧洲渡海而来的德沃夏克和巴托尔克,有着同样无法被美国人了解的乡愁,所以才如此偏爱异乡人的作品?

匈牙利来的作曲家、英国来的指挥家、福州来的餐馆主人、天津来的装修工人、泰国来的房东，原本生命不该有丝毫交集的我们，都选择了在美国东北部的冰天雪地为家，在土生土长的当地人巴比的眼中，我是一个怎么样的人？我们这些在印第安部落消失两三百年以后，共同成为司光屯岛上的居民，在彼此的眼中，我们又是谁？

重读索甲仁波切送我的《西藏生死书》，里面有一段讲的正巧就是安住（peacefully remaining / calm abiding）。安住就是要"把散乱心带回家"，借此可以把生命的不同层面集中起来。从一个长居在法国乡间的西藏僧侣口中说出来，是多么有趣。

我翻到书中说"安住"可以完成三件事的那一页：第一，自己被撕裂成碎片的所有部分，过去一直都处在战争之中，现在则因安住而定下来，而融化，而变成朋友。在那种安定之中，我们开始了解自己，有时候甚至还可瞥见自性的光芒。

第二，可以舒缓我们多生多世以来所累积的负面心态、侵略性

流浪犬 Rugo，在波士顿平生第一次看到雪

和混乱情绪。这时候，不是压抑或沉入情绪之中，而是尽可能以开放旷达的宽容来观察情绪、念头和一切生起的东西。西藏上师说，这种睿智的宽容如同无边的虚空，它温暖而舒畅的包裹保护着你，仿佛是阳光的毯子。或如同法国人所说的 etre bien dans sa peau（在皮肤内感觉很舒畅），因而产生了解放和深广的安逸。

第三，揭开并显露出根本的善心，因为它消除了心中的仇恨或伤害。唯有消除我们的伤害心，我们才能成为一个对别人有用的人。借着慢慢去除我们的仇恨心和伤害心，使我们自性中的基本善心和仁慈心发散出来，成为一个温暖的环境，让我们的真性得以绽放。

能在司光屯岛的沙滩安住，就算房子终有一天会被底下流过的涌泉推倒、窗户玻璃常常会离奇破碎，我还是深感幸福。因为，这是一个可以让我做自己的地方，这是一个真正的家。

CH08

故乡，外婆的安养中心

外婆去世的那天晚上，

我梦到她撑着一把黑伞到海边来找童年的我，

她微笑着说："我活过了，现在轮到你，放手去活你的人生吧！"

然后，所有悲伤、罪恶感与歉疚，像一群黑压压的乌鸦获得释放，

我往温暖的海中走去，从此没有回头。

高中时代有两个同班同学，我们的友谊意外地像抛物线般，延续到成年之后。而且随着每一年过去，他们都变成让我更加敬佩的人。

当朱同学大学毕业那年，在同学会上告诉我们他决定放弃金融的专业训练，和在大企业的职业前途，全心投入经营安养中心（即养老中心）时，同学们都觉得他疯了。但是他相信，如果有高学历的年轻人，愿意投入这块长期不受重视、低薪水、高工时的领域，一定可以带来革命性的改变。

他的第一步，就是商业上常用的集资并购。虽然并购让经营规模扩大，是跨国企业成长的基本常识，但对于规模小而简陋的安养中心来说，简直是不可思议的举动。年少轻狂，可能是当时浮现在不少人脑海中的成语。

我没有说话。

当时，我在心里说的其实是："同学，谢谢你。"

我对这位同学的志愿，充满感谢与祝福。

转眼将近二十年过去，他义无反顾，一面经营规模越来越大，一面鼓动老人福利跟照顾护理相关法令的推行。过劳中风后，还在继续当年的誓言，同时回到研究所攻读社会福利的硕士学位。

当年这份感谢，是很私人的，因为我的这位同学并购的第一家安养中心，就是我外婆度过人生最后岁月的家。

家在安养中心

自高中时代开始，将近有十年的时间，我放弃长途旅行，留在家乡。我和"狗儿子"Peatle 居住的公寓，几乎只是个晚上睡觉的地方，真正的家，却是一家私人的安养中心。

每天工作结束，我的第一件事情就是"回"安养中心，因为那是我外婆住的地方。

从中学时代开始，还是学生的我，就担负起外婆居家照顾者的角色，当时她已经开始有着明显失智与失能的现象。我们家人虽然知道她继续住在家里会给大家造成心理负担，并有潜在的危险，但是在情感上，却无法放手。因为在当时，无论是公立或私立的安养中心，条件都不尽理想。把从小照顾我们兄弟姊妹长大的外婆送到安养中心，感觉跟抛弃无异，我们怎么能够抛弃为我们的生命贡献那么多的外婆？

但是自己照顾谈何容易，只能用心力交瘁来形容。当时我虽然坐在课堂上，心里想着的却是外婆会不会烧水忘了关煤气炉，煤气

我的另一个家，一个情境转换的后花园

正在漏气？是否出门后走失或被车撞了？有没有东西吃？会不会又把钞票通通丢到垃圾桶？是否害怕我们知道她失禁弄湿床单，却不知道该怎么隐藏，结果越弄越糟，造成屋子淹水？会不会因为妄想或是幻听，害怕惊叫不知所措，甚至自残？

一到中午或晚上的休息时间，一面要读书，一面做着两三份工作的我，立刻放下手边所有事情，切断所有社交联系，带着餐点直奔回住处。

傍晚是我们画图的时间，通过艺术治疗，鼓励她将残存的记忆片段、小时候的美好梦想，甚至让她惊醒的恐怖梦魇，都通过水彩笔，用颤抖的手画下来。虽然外婆是个一辈子没有拿过笔、不识字的文盲，严重的白内障即使手术后也只能让她模糊地看到周围、帕金森氏症让她的手指难以控制力道，但是我们都没有放弃，她很努力地画，我很努力拿出我年轻的生命，灌溉着不断枯萎的"老树"。不知道多少次，我拿着隔天要考试的笔记，搭着救护车，握着外婆干枯流血的手，进出医院急诊室。熬夜坐在塑料椅上等待，成了年轻岁月中的一幕场景。

不论年龄大小，只要是提供照顾给因为年老、生病、身心障碍或意外等而失去自理能力的家人，就是一个家庭照顾者。据估计，在家乡至少有五十万到六十万的照顾者，负责失能家人的日常生活照顾。几乎每十个家庭中就有一个家庭照顾者，从喂食、洗澡，到提供情感支持及提供生活费用。对大部分的照顾者而言，照顾是年复一年、日复一日、全天二十四小时不眠不休的工作。

与其说是照顾，更像是交换生命的历程，家庭照顾者用他们的青春和健康，换取家人生命或长或短的延续。这些家庭照顾者大部分是中年及以上的女性，男性不到百分之一，像我当时那样的年轻男性更是几乎没有。

终于有一天，我们不得不宣布放弃。

那是让我非常悲伤的一天，我觉得自己战败了。已经是专业医生的哥哥，在外婆一次住院后做了明智的决定，他找到了一家在东区公寓里的小型私人安养中心，因为够方便，所以我们都可以每天下班了以后就过去，因为够小，所以不用担心大型机构无法提供个性化照顾的担忧，外婆出院以后就直接搬了过去。

当明明知道迟早要到来的那一天真的在眼前的时候，我却像输了比赛的拔河队员，不甘心被生命击倒，对自己没有更加全力以赴而失望自责，但是心底也有一个小小的声音，提醒着我：

"这是最好的办法，你已经不能再做什么了。"

因为如果不这么做，我们的家庭可能就会因为不堪精神的疲倦和折磨而分散，我自己也会无法去过想过的生活，而不会有气力继续做我想做的梦。

就这样，我的心跟着外婆，搬进了二一六巷的私人安养中心。

那是一个在一栋相当老旧大楼的二楼，由几个住户家改建的安养中心，接下来几年的时间，我的家就在那里。

经营者是我们称为"叶老师"的女人，精明能干，但是她通常傍晚下班了才过来几个小时，平时就由两个本地的护工和两个来自菲律宾的看护工，照顾来来去去、十来个卧床或插管的老人家。

安养中心的空气当中，有一种独特的气味，是老人家的体味、药味，混杂着没有扔掉的成人尿布、消毒水味，还有白粥的味道，无论多么勤快清扫，只要窗户没有完全打开，就挥之不去。一开始我需要深呼吸一口气才走得进去，过了一段时间以后也就习惯了。

每天在安养中心最接近的，除了外婆之外，就是看护工。

在接触看护工之前，媒体每天已经提供了许多令人害怕的新闻：有外籍女佣虐待帮佣家庭老人家的事件，也有为了省事把七十五岁老妇反绑在轮椅上动弹不得的，所以外婆进安养中心的前几个月，我忍不住用礼貌却怀疑的眼光，不断寻找老人家可能被虐待的蛛丝马迹，甚至头几个月，只要外婆脆弱的皮肤上出现任何新的伤口，我都不禁开始胡思乱想，甚至还半夜突然造访，如果护士开门晚了，我没有想到自己打扰了二十四小时工作着的看护人员，脑海里只能想是否所有老人家都被五花大绑在床上，她们急着松绑……到后来，叶老师不得不规定探望时间，我才不得不停止在三更半夜来敲门的怪异行为。

看护工的生涯

家乡人对于外籍劳工在本地家庭中,所扮演的角色到底是看护还是帮佣,一直混淆不清,媒体自然会冠以"女佣"的名称出现在新闻中,证明我们到现在对于看护与帮佣还混为一谈,层出不穷的家庭外派劳务人员事件,也就不意外了。

但在安养中心,我很快就接受了这两位菲律宾员工是属于看护性质的外籍看护工角色的事实,她们在菲律宾的大学毕业并取得护士的资格,我当然应该尊重她们的专业,也感谢她们愿意一天二十四小时都生活在这么让人沮丧的环境中。原本是我的生活,她们却帮我过了。

为了能够随时看到老人家的状况,两位菲律宾看护工的唯一生活空间,也完全没有隐私可言,共同挤在一个用落地玻璃隔成的透明房间,方便一天二十四小时监控她们的行为,就像动物园里面的熊猫。

一定是很多雇主跟家属的忧虑和不信任,才会共同创造了这间外籍看护人员专用的玻璃屋。我对她们感到无比的抱歉和悲伤，但是我除了努力在我出现的每一分钟，都希望能让她们看到当地人较好的一面外，我不能够为她们做什么。每天傍晚回来的时候，回想我精彩的一日，都觉得我亏欠她们太多——渐渐美好的生活，是用她们生命的一部分换来的。

我不得不开始找寻答案，到底我们对外籍看护工的专业认定是什么？为何一个专业人才往往到了我们这里，就变成了帮佣？是看护工本身不够专业？还是雇主要求不合理？如果是因为外籍看护工的专业不足，那么当初引进她们来本地工作时，是用怎样的认证稽核标准，来取得看护工作的？有没有认证机构来承认外籍看护人员所具备的技能与本地看护人员相同？

如果是雇主的期望和现实有差距，那我们是不是应该要问问自己，为什么我们对于外籍看护那么贪心，抱着看护人员等于帮佣的心态，来面对外籍看护人员，在专业的工作内容之外，甚至还要带小孩、在雇主家从事其他非看护或是到雇主的亲戚朋友家帮佣？不信的话打电话去人力中介公司，询问外籍看护申请问题，所获得的回应都是外籍看护人员多好用，打扫、顾家一次搞定，简直是太划算了。

扪心自问，我们明明不是坏人，为什么要做错的事？

关于偏见

除了改革家乡私人安养机构生态的朱同学，高中同班同学中，还有另外一个让我相当敬佩的人物——曾是一家报纸副总编辑的张姓同学，也是另一家报纸的总编辑。

张同学担任总编辑的这家报纸在家乡以越南文、泰文等母语提供给新移民需要的信息来源，以及为了"让弱势发声"的理念提供难得的发声场所。他曾在一篇文章中反思进了某研究所后，到越南一面做田野工作，一面学习越语，但无法以中文与人沟通，读不到中文的书报杂志，仍让他浑身不对劲，而与当地人相处时无法使用母语的有口难言、进入陌生国度的惶惶不安，也让他有机会模拟了移工初到异地时的处境。

每次在缆车上往下看到低海拔森林都会觉得感动，这是还活着的证据

想念海上的家时,我就到出海口看美丽的夕阳

在那之后,他只要有机会都会在公开场合强调一个很重要的观点,他说:"移民、移工不是问题,是答案。"他们不仅不是"问题",反而是解决种种问题的"答案":外籍配偶解决了本地男性找不到婚配对象的"问题";外籍劳工解决了本地工厂欠缺劳工的"问题";像安养中心所依赖依外籍看护工,则解决了本地老人家无人照顾的"问题"。可是我们总是习惯将其"问题化",满脑想的都是如何"管理"。虽然移民、移工替本地解决了这么多问题,我们却仍防之如贼、嗤之以鼻。

在安养中心与外籍看护工每天的朝夕相处,让我看到自己年纪轻轻却累积了那么多值得惭愧的偏见。这些冰冻三尺的偏见与歧视并非一日之寒,自然也不是一朝一夕就能改变,但如果能够越早开始,让更多的人愿意以宽容、理解的态度面对移民、移工,这股力量就更能帮助我们继续前进。因为要看见世界之前,需要先具备看清自己的能力,就像张同学说的:

……认识别人容易,认识自己难。我们得先修正自己的偏见,才能看到完整的世界。我们汲汲营营要"走出去",没有错，但其实更应该先看看自己的身边。

仔细想想，现在几乎每个人，都有机会接触到东南亚朋友。亲戚朋友中或多或少有人与东南亚女性结为连理，家庭里有外籍帮佣、看护工，公司工厂里有外籍劳工，走在街上，也很容易找到越南河粉、泰国餐厅。她／他们勇敢地漂洋过海来到这里，我们有没有相同的勇气，和她／他们说说话、学两句英文、日文之外的外文？即使功利一点想，就当作不用买机票就能体验异国风情，何乐不为？而在认识之后，你会发现，我们大家都一样，有时勇敢，有时软弱，怀抱梦想努力打拼，但也免不了贪嗔痴怨。

我相信，如果能认识得更清楚，偏见与歧视就能相对减少，同时也把自己向上提升一阶高度。如何建立"从自我出发的观念"？就从认识身边的东南亚移民、移工开始。

而我的认识就从东区的安养中心，这个因为需要长期护理的外婆，而踏入人生意外的新家开始。

外籍看护人员为我们照顾家人，某一种程度上，成为我们家庭

在家乡，可爱是比洗练更受到赞扬的美德。靠着对可爱的信念活下来，让家乡从灰暗丑陋的工业城，走到一个能够好好生活的城市。全民装可爱实在功不可没

的延伸，早已经超越了劳工与雇主之间简单的银货两讫关系。因为这是他们用自己的生命，交换另外一个生命。但是，我们几乎没有想过，除了他们为我们所做的之外，四十万个外劳，就有四十万个支撑着他们走下去的梦想，背后还维系着四十万个远方家庭的幸福，我们是否曾经为这四十万个外劳家庭的梦想，做一点什么？

当我在媒体上看到为了表扬工作优秀的印尼籍劳工，而邀请七位优秀外籍劳工家属来省亲；我看见这些幸运儿阔别两年以上的亲人远从印尼到这里，与亲人抱在一起又哭又笑，也不由得感动了。毕竟我们引进外劳多年，除产业外劳外，还有不少隐身在一般家庭中的外籍看护，其中大多数来这里后，工作期满三年才有机会见到家人。

我看到的这七名获选的印尼籍优秀劳工，全数是来此从事看护工作的女性劳工，来省亲的家属则有她们的丈夫、父亲、独生子及妹妹，大部分住在印尼偏远的乡下，一路迢遥，但是能见到在这里工作的妻子、女儿、母亲或姐姐，再多的辛苦也值得。其中有一个在桃园看护一名三度中风阿嬷的名叫森利的女护工说，两年前突然获得通知可以来工作，仓促之间一直没有好好跟先生达塔斯说再见。

我实在无法想象，两年来这样的遗憾埋在心中，是多么痛苦的事。

外婆，再见！

最后一次坐上笛声尖锐的救护车离开安养中心，外婆没有再回来。我想，这一次，大家心里有数。毕竟，来到安养中心的每个人，都没人能活着离开。

但这也没什么特别遗憾的，来到这个世上的每个人，不也没听说谁活着离开这个世界？

处理完后事，我犹豫是否应该回到安养中心，收拾一下属于外婆的私人物品，但是我应该像没事似的走进去吗？我再也没有回安养中心的理由了，却还出现在他们面前，会不会让每个人觉得不自在？看护工是否觉得应该要放下手边的工作来安慰我？看护工看了这么多生离死别，还会在乎吗？

但我终究还是回去了，最后一次。每个人都有点惊讶，但很高兴看到我的出现，愉快地闲话家常。这些年下来，我们已经像家人般熟悉，彼此也都知道，这将是我最后一次出现在这里，从此以后，这里就不是我该来的地方了。

作为一个临时的家，这个家无论是开始还是结束的契约，都是非常脆弱的。那天晚上，我做了一个梦，梦中，外婆撑着一把黑雨伞到海边来找我，那片黑色的沙滩是童年的西子湾。

外婆微笑着看着我，虽然她的嘴唇没有动，但是我可以听到她对我说：

"我活过了，现在轮到你，放手去活你的人生吧！"

然后，我的悲伤、罪恶感与歉疚，终于像一群黑压压的乌鸦获得释放，飞向厚重灰暗的云层，云层后面，有一些亮光，前方的西子湾，展开一片不算美丽却通往自由的海，我往温暖的海中走去，从此没有回头。

CH09

云端，无比真实的家

无论海角天涯，我随时都能回家。
这扇通往内心的任意门，不是巫术，
不是抽象的生活哲学，不是药物，
也不是宗教，而是无线网络。
只要我顺利登录三个常用的网站，
无论身在何处，很奇妙地，我就回家了。

过去这四天，我分别睡在四个城市，但是一点都没有感觉我离开家。

昨天早上在瓦城，中午在仰光，下午在曼谷，今天在温哥华。

我沿路随手照相、看书、写字、聊天，现在窗外有一轮满月，等一下要与家人见面，好得很，如果真有"身心安住"这回事，大概就是这个感觉。

联系着这些距离遥远、助我身心安住的，并不是抽象的生活哲学，不是药物，也不是宗教。这种安定的力量，不过是四个城市的四组 Wi-Fi 无线网络，帮助我顺利登录三个网站，无论身在何处，每当我登录这三个网站的时候，很奇妙地，我就回家了。

那是一种熟悉感和流畅感，像曾经以为无止境的童年那般熟悉，像说母语那般流畅、平和、自由。而幸福，那些原本属于我们却被残酷的世界，一点一点从我们身边拿走的东西，都被我们收藏在家里。这个家，是一种心灵的状态，却比四堵墙壁、一片屋顶，更加牢固坚实。

有人称呼像我这样的人为数码民族（digital nomads），我没有特别觉得反感，也不觉得特别贴切，但每当到一个城市，坐在一间陌生的咖啡厅、饭店的大堂里、高铁或长途巴士上，看到跟我一样的人，打开计算机，登录 skype 视频或聊天程序，输入脸书的账户密码，打开电子邮件收件箱，我可以感受到他们所感受到的幸福，所有他们所爱的人，还有爱他们的人，瞬间都在身边出现、围绕，形成一个看不见的家，被隐形的粉红色泡泡团团包围保护起来。是的，

在网络世界中,每个人都可以将自己置入在世界任何一个角落的画框中,自由出入

他们跟我坐在一起,但是更重要的是,此刻他们也回家了。

数码游牧民族

二〇一一年谷歌(Google)公司在美国推出笔记本电脑Chromebooks,号称开机只要八秒钟。运算速度快的原因,是计算机本身没有任何像微软Windows的应用程序,只要一开机,就立刻连接网络,所有操作,从所需要的应用程序到所有的文档、从影像到文字、从个人化的信件到网页,一律都储存在云端,虽然没有办公软件,但离线的时候,还是可以使用谷歌软件来做基本的文件处理。这款计算机在上市之前,曾经让企业员工试用,一半的员工使用一般的笔记本电脑,另外一半的员工使用这样的云端计算机,结果半年之内,普通笔记本电脑的使用者,一共向公司回报了将近一千个技术问题;而云端笔记本电脑的使用者,因遭遇问题而回报的数字是:零。

对于习惯用纸笔的人,无论股票还是账单,都觉得必须要用手握着比较踏实,看年轻人把所有的文件都数字化,心里充满了焦虑,所以旅行社还总会把电子机票打印出来交给旅行团的大叔、大妈，其实这张纸除了心理作用外，完全没有任何功能。

到了计算机时代，大部分的软件程序，大可以直接在网上下载，没有理由刻在一张光盘上，更没有必要打印出一本厚厚的使用指南，放在一个又大又厚的精美纸盒里。但是作为商品，如果看不见、摸不着，好像就不是真的，可是对于真正的软件使用者来说，那一整盒沉甸甸的东西，根本全都是假的。

每个人多少都会遇到跟计算机有关的灾难，像是咖啡打翻在使用中的笔记本电脑上、掉到地上摔裂的智能手机，或是中毒后只剩下一片蓝色荧幕的绝望之类的。这时候的选择只有两种，一是抱着禅修的智慧，一笑了之，从头再来，提醒自己下次别偷懒，记得备份（虽然下次一定还是重蹈覆辙）；要不然则是捧着心脏已经停止跳动的机器，像心碎失去理智的母亲，请专家不计任何代价，一定要救救这个孩子。结果花了比计算机本身更贵的价格救回的文档，原来都没有想象中重要的文件，不过就是些阿猫阿狗的影片，跟几千张无聊的自拍。

虽然这么说，理性上我们都能够理解，将所有的文档都通过网络实时储存在云端，其实比储存在脆弱的硬盘上要安全可靠得多，但如今正式要消费者将所有的软件还有文档的储存都放弃，手上紧握的笔记本电脑里面，不再有着任何属于我们的纪录，即使聪明如谷歌，也不冀望最年轻、最先进的消费者，有几个人愿意将自己的一切通过信号交换，托付给云端。

经过了国际航空运输协会（IATA, International Air Transport Association）多年的努力，最后一张的纸质国际机票在二〇一〇年从地球的表面消失，消费者在没有选择的情形下，经过一段时间的阵痛和调适时期，现今已经没有任何一个旅行者不能够接受电子机票跟纸质机票同样"真实"；在 7-Eleven 的在线程序平台上预订的高铁座位，也跟直接到窗口排队向穿蓝白制服的阿伯订位同样"真实"，所以云端储存跟硬盘储存同样"真实"，也只是迟早的事情，我们理性上都明白，只是心理上还不愿意接受。

就像我们大部分人如今还不能够接受，网络可以是真正的家，但是作为一个不停在地球表面长距离移动的人，我一点都不怀疑，我最"真实"的家,其实在云端。

我的家乡

　　我高中时代的班长,是个专门研发苹果公司 App 应用程序的科技创业家,所以时常需要东奔西跑,通常我们都只有在一年一度的同学会上,才能见上一面,但是拜脸书之赐,我几乎天天照三餐加宵夜都会看到他的新留言。

　　然后有一天,班长突然消失了。等到他终于又"回来"的时候,他写了一则短的留言。

　　这则留言,不但交代了班长在脸书上缺席的原因,也注解了我们这一代,对于"家"的真正看法。

　　觉得网络世界不够真实的人,说网络是人工智能,不够自然,但是彼此陌生毫无交集的城市人,共同住在钢筋水泥打造的公寓里,哪一点比网络社群更加自然?

网络收音机，让我无论身在何处，都可以一面工作，一面在网上浏览，一面收听。在这同时，我就回到了我所关心的家乡，无论是新闻或流行音乐，无论此时此刻这个家乡，是曼谷还是伦敦，或是开罗。我在任何有网络的时空，随时可以登入一个自己创造出来的家乡，这个家乡，是一种真实的状态，充斥我的感官，没有时差，甚至没有秒差，也不需要倚靠任何想象，因为这个家乡无比真切。

过去，网络是开往世界的一扇窗，但是现在，网络是哆啦A梦的任意门，只要打开，无论我人在何处，都可以立刻回家。但是没有网络的时候，就算我们坐在老家门口的长凳上，仍然和外面的真实世界只有很小的交集，不会因为大门深锁的公寓位于故乡，而不那么感到疏离跟孤立。一个单独在家照顾婴孩的年轻母亲，半夜孩子突然生病的时候，求助无门是多么孤单恐惧，身边没有人可以打电话问，网络却立刻可以提供许多参考建议，甚至在聊天室中，会有其他有经验的母亲挺身而出。

同样的感受，可以应用在家中宠物走失的时候、失去挚爱的家人时，甚至兴起轻生念头的时候。

当我登入每天常用的三个网站，无论人在哪里，我的心突然就有了到家的熟悉感与流畅感

我一位朋友和他的母亲从小就非常亲近，即使如今相距万里，每天只要约定的时间到了，两个人就会坐在计算机前，把摄影头打开，也不用说话，就坐在计算机前各自做各自的事情，如果突然想到什么，只要开口说就行了，两个人好像就面对面坐在家中的餐桌上，并没有分开。

有些人误以为"网络成瘾"（IAD，Internet Addiction Disorder）和"网络现实"是同一回事。但我所看到的是，网络成瘾者让自己在现实中被带走，情愿被绑架，在网络的世界中没有目的漂流，就像是一种迷幻药。而网络现实却是在世界的任何一个时空，深呼吸一口气，打开一扇门，让自己回家。

对于虚拟现实，我们有着真实的需要，因为作为真实生活的一部分，我们同样警醒着人与人之间的界线，选择提防谨慎的界线，有时选择冒险信任一个陌生人，有时选择不信任，上线的时候就像不上线的时候，并没有因此性格丕变，成了另一个不同的人。

云端的家人

我在缅甸非政府组织工作的同事 KJ，突然发现她信任多年的合作伙伴，竟然在她负责的社区连续性侵未成年少女，而且已经持续好几年了。她的信任多年来搭起一整个网络，更多国际非政府组织这些年来因为 KJ 的背书，所以跟这个人也成为合作伙伴，来自世界各地的资源不断涌到他的身上，或许这是让他开始觉得自己无所不能，可以凌驾于一切游戏规则之上的原因。

事发以后，所有的国际组织代表怕自己在面对总部时惹上麻烦，都抱着息事宁人的态度。就连当地十三个部落首领，也都联合支持他。反而 KJ 变成了不合群的麻烦人物，开始受到来自各方的威胁，她的真实世界，在短短一夕之间崩塌溃烂，没有人可以诉说，也没有一个人相信她，让她觉得自己就要发疯了。这时候，在仰光的 KJ 在线上找到人在六千英里（约合九千六百公里）外温哥华的我，我在 KJ 最孤立无援的时候，成了绝望汪洋中唯一可以抓住的一块浮木，我们努力厘清这个问题，寻找可以解决的方法，安排政府社会福利部门的介入，并且找到儿童福利机构的资深人士，以局外人的

The more things become the same...
the more important is the Difference.

我同意广告中说的:当这个世界变得同质化越来越高时,有所不同就因此变得更加重要身份当 KJ 的专业指导，允诺一步一步牵着 KJ 的手走过这场风暴。

在我看来，这整件事没有什么虚拟之处，而是残酷的现实。

我一个美国的好朋友 P，年过五十但不曾结婚，我们认识二十年来，就连交往的对象也没听说过，我只能猜测这是她个性使然。可是有一个晚上，她的个人页面上收到高中同学会的邀请函，同时还有好几个当年班上的男同学要求加入成为她的好友，P 就崩溃了，立刻连夜写了一封电子邮件给我，告诉我一件她四十年来深藏心底，痛苦不为人知的秘密。高中毕业舞会前夕，班上一群男生性侵了连男生的手都从来没牵过的她，从那天开始，她的世界就有了一个巨大的黑洞，连她如今已经八十多岁的老母亲，都不知道这件事。之后她搬离新泽西，开始另一段人生，也从来没有参加过高中同学会，可是脸书让当年施暴的这些人，轻易地又聚在一起。这几个当年施暴的年轻人，如今各自成了事业有成的慈祥父亲，甚至还主动要加入脸书好友，仿佛什么事情都没发生过。

收到这封电子邮件后，我意识到这件事情的严重性，立刻拿起电话要求 P 无论如何都要和我见面。我们坐下来，帮助 P 写了一封措辞冷静、陈述当年事件的信，发给高中同学会社团的同班同学，说明这是为什么她从来不曾参加同学会，也永远不会参加同学会的原因。虽然当年这件已经发生的惨剧不会有任何改变，但如果没有网络的世界，P 这辈子永远不会找到她的声音，现身向当事人说起这件事对她终身的影响。

在我看来，这三十年，事情因为网络而有的戏剧性发展，也没有任何因为冠上 www 而减少在真实世界的意义。

云端社会

人们除了在网络上真实地连接、沟通，也在网络上真实地做生意，有着真实的银货两讫，在网络银行上真实地存款、提款、付账、结汇，在网络上学习真实的知识，甚至真实地注册上学、攻读学位。没有人说在网络上看的电影比电影院里播放的不真实，或是网络上看的电视影集不如电视机上看的，网络新闻不如电视新闻真实，在网络上，我们被告知、被娱乐，一点不假。

网络上有人坠入爱河,终成连理,也有人对彼此恨之入骨,这些强烈的感情,我也看不出哪里不真实。若有不智之处,也不过跟现实中同样不智罢了。曾经在一天之内连续玩二十二小时网络游戏的人,应该都有这样的经验,剩下的两小时,反而不知道自己是谁,又身在何处。网络既然是我们今日世界的真实,在真实之中选择一个家落脚,安居乐业,在我看来是再普通不过的常识。

当我们大部分的朋友都在脸书上以后,那些没有脸书账号、只有电子邮件信箱的朋友,慢慢地就消失了。无论在网络上,或在现实生活中,好像他们的躯体渐渐变得透明,终于有一天会完全不见。

同样地,当我们认识的人都上网,那么无论为了什么原因而不在网上的那几个,真实世界的生活也会越来越狭窄、越来越孤立。不会因为他们在现实世界中形体的存在,而让他们的声音被听到。很不幸地,他们会在世界其他人眼前,活生生隐形,迅速被遗忘。

当我们在现实世界中,像住在上海弄堂,没有任何人有保藏秘密的权力,无法得到应有的私人空间,无法喘息的时候,网络给了我们想要的私人空间，可以被适当地尊重，可以划清界限。或许这是为什么，要求实名制的脸书，在社会同侪压力极大的日本，很难像 mixi 网站那样得到青睐。因为日本网友在网络上寻找的，是不需要每个人穿着像制服的单调便服的空间，是一群不会对自己品头论足的家人，因此身心疲倦的时候，能够得到休息，充满继续好好活下去的力量跟勇气。

不断反复的科学实验，也一直告诉我们，人的脑子并不会因为区分网络现实跟肢体现实而有不同的反应。对脑电波来说，这一切刺激都是真实的，这条真实与虚拟的界线，就像墙壁一样，是我们自己硬生生划出来，区分里面跟外面的。但是对于流动的空气来说，室内与室外是没有任何区别的。

以网络社群游戏第二人生（Second Life）为主题的纪录片或文化探讨，已经不计其数，所以我在这里，并不需要再多介绍这个 3D 在线游戏，来证明网络之家的真实性。但有一点没有太多人注意到的，是在这个在线游戏中，除了可以结婚、发生性关系之外，女性还可以选择怀孕。怀孕在生育率低迷的今日世界，是一件多么重大的事

简单说，社群网站就是一阵风吹过草原，将无数拥有完整生命基因的蒲公英种子带到空中，没有人知道或在乎落点在哪里

件，丝毫草率不得，然而在在线愿意怀孕的女性游戏玩家，却远远比现实生活中的比例高出许多，即使必须向网络公司付真实世界中的金钱，才能在线怀孕、在线生产、拥有在线婴儿，但是这些成本，跟现实生活当中阻止想要成为母亲的女性所面临的成本比较起来，简直是太划算了。女性对于怀孕的生物性渴望，终于在网络的家里得到一点满足，所以第二人生渐渐变成女性游戏者生活中重要的一环。

在云端看见自己

外国曾经是一个很远的地方，但当我们在网络上认识了一个活生生的人，来自那个遥远的地方，突然之间看到原来他们也是人，或许跟我们听一样的音乐、看一样的电视剧、在差不多的时候跟我们吃差不多的食物，完全无法解码的语言，通过 Google translate 翻译之后，原来也就跟我们平常自己会说出来的观点差不多，不是什么了不起的话，瞬间发现外国人没有那么不同，外国也就不显得那么远了。

在日常生活的家附近，或许没有太多人和我们一样喜欢吃很辣的泰国菜、喜欢看很恐怖的惊悚片、喜欢自己尝试拔小花蔓泽兰来做植物染，或是喜欢把头发前面一小撮染成紫色，但在网络的家，这些人都在咫尺身边，一个美国的网友，形容网络对她的生命有多真实时，她的回答是这样的：

I feel like as if the only life I have is on the internet.

……我觉得好像我唯一拥有的人生，就在网络上。

I live in a very small town, people are opposite here. Very "red", very close-minded, very Republican, very LARGE V8 Truck driving country folksy. Don't believe it? Ever watch the show "Kendra"? (I have not but...) in one episode, I know her husband brings her to his hometown of Clovis (which is where I live) and she can't get over how much nothing-ness there is, and how many cows there are!

我住在一个很小的镇上，这里的人跟我完全不同，他们是支持保守的共和党、眼界非常狭隘、爱开大卡车的乡巴佬，不相信的话，去看电视剧 Kendra 就知道了，其中有一集主角带着妻子到 Clovis（就是我住的小镇），结果她简直不敢相信世界上还有这么荒芜之地，最多的就是牛！

I couldn't live a life outside the internet unless I move away from this town, of which I can't since I'm in the middle of surgeries.

除非我搬离这个小镇，否则我无法存活在网络以外的地方，我因为一连串的手术，所以我的身体哪里也去不了。

现实生活中一片紊乱的人，他的电子邮件信箱、个人网站博客、脸书的页面、Flick 的相簿，往往也是一片混乱，但这是一种对现实状态的反映，而不是对于家的向往与追求。比如说，世界上没有人会因为住在贫民窟，而特别在线上游戏中，去建立一个充满废弃金属、工业废水、下雨会漏水的在线贫民窟来住，这里有一条看不见却清楚的线，是对于家美好想象的能力。网络上的家并不是用来替代钢筋水泥建造的房舍，而是一个对于家更美好的延伸。

我深深相信，当我们找到自己的时候，我们就回家了。

网络是真实的生活,我们只是有时候离线而已

迁移，是寻找自己的过程。我在不同的家，都各自学到一个很重要的人生功课。经历了将近十个家之后，我才发现自己从来没有离开过家，心里的家。原来家一直跟着我去了全世界。所有我爱的人、爱我的人、还活着的、已经死去的，或许是人或许是宠物，都一直跟着我活下来，一个账号、一个健康的身体，还有很多的爱，和对爱的记忆。

家对我而言，从来就不是一个有着四面墙壁的固定空间，而是一种平和、自由、幸福的熟悉感和流畅感，可能是在不同的海滩上看着同样的落日；可能是跟着童年一块长大的朋友在陌生的城市相聚时，以为早被遗忘的往事重提时，心里回到的那个场景；也或许是一场在波士顿芬威球场看着红袜队球赛中，听到跨越语言与运动项目熟悉的欢呼与叹息；雨后森林的特殊味道，一次又一次将我带回童年台风前夕的那个下午。

曾经需要很多的巧合，在世界不同的地方带给我家的熟悉跟温暖，才能让心回到家的状态，但网络改变了这一切，它让我无论在何时何地，想家时，随时可以回家。

家对我而言，从来就不是一个有着四面墙壁的固定空间，而是一种平和、自由、幸福的熟悉感和流畅感

我知道自己在家的另一个证据，是因为我不急着下线，去别的地方，家正是这样一个让我们可以安心待着的地方，"挂在网上"对许多人来说是一种具有贬义的形容，对我来说，却是一种在家的状态。

对现代数码游牧民族的人来说，世界上，没有一个家比这更真实的了。

因为创立让使用者免费分享影音文件的网站海盗湾（The Pirate Bay）而吃上官司的彼特·桑德（Peter Sunde），在回答法官，何时跟另一个涉案人"在现实世界中（in real life）"第一次碰面这个问题时，他吊儿郎当地说：

"我不喜欢'在现实世界中'这种说法，"他说，"我们只说暂时离开键盘（away from keyboard），因为，我们相信网络就是现实。"

总有一天，我们都会听懂他的说法。等那天到来的时候，就再也不会有人回不了家了。